ピンとイチのものがたり

ある**犬**の一生

Inoue Tomiko
井上 富美子

文芸社

ピンとイチのものがたり——あるだの一生　目次

第一話　捨て犬

イヌは顔が大切？

昭和の時代が、まだ右肩上がりの成長を続けていた頃の話。

裕子の自宅前は未舗装で、車が一台やっと通れるほどの道幅しかなかった。道に沿って西から東へと流れる川幅五メートルほどの美濃屋川の南側には田んぼが広がり、このあたりも昔は伊勢平野の一部だったと想像できる。

その田んぼの真ん中に、小さな集落があった。

集落の中でひときわ目立つ古い大きな木造建築は、息子の亮太が通う小学校だ。明治時代に建てられた学校の周辺は田んぼばかりだが、西にある布引山脈の手前に独立峰の長谷山があり、その長谷山が西日を背負う時刻には里山全体が輝いて、見とれるほどの美しい姿を見せた。

心を和ませてくれるこの田園風景が気に入って、裕子たちはこの地に新居を建てたと言えるかもしれない。美濃屋川は大きな農業用水路だ。小魚が群れているのが歩いていてもよく見えたし、夏には蛍狩りを楽しむこともできた。

川岸には草むらがあって、鴨が巣づくりでもしたのか、親子で泳いでいる姿もたびたび目にしたものだった。

亮太が一年生になった頃は昭和の好景気で、校舎の建て直しの話が出ていた。通学路の両側にある田んぼは田おこしも終わり、水を待つばかりになっていた。昨日あたりから、上の田から下の田へと順番に水が入り、まさしく、田んぼが水田に姿を変えつつあった。

このあたりでは、五月になると田植えが始まる。

家から川土手に出ると、学校までひと目で見わたすことができるので、亮太の下校する時刻が近づくと、庭に出て外の仕事を始めるのが裕子の日課だ。洗濯物の取り入れが終わると、草取りを始める。

この季節には各種の花が芽を出すので、雑草か去年植えた花の新芽かを判断しなが

に花々ある植えてある花々に沿いに植えて

ら草を抜くのが、裕子には楽しい時間だった。庭のフェンス沿いに植えてある花々に
ついた虫を箸でつまんで取り除いたり、傷んだ葉を摘み取ったりとけっこう忙しい。

午前中のさわやかな時間帯に、外の仕事をすませるほうが利口だとわかっていても、
裕子はいつも亮太の帰宅時間に合わせて庭に出た。

もちろん、外の仕事をするためだが、学校帰りの子どもたちの様子を見ながら、亮
太の帰宅を待つ時間がとても好きだった。

顔見知りの子は、裕子の顔を見ると、フェンスに手をかけて話しかけてくる。

「おばさん、今日はイモ虫とれた？」

「とれたよ。今日は大漁だからわけてあげようか」

「そんなもん、いらん」

「てんぷらにすると、おいしんやに」

「ほんまに、食べるん？」

「もちろん」

「どんな味？」

「食べてみる？」

「嫌だ」

子どもは逃げるように急ぎ足で行ってしまう。またある子は、わざわざランドセルをおろしてテストを取り出し、自慢気にこちらに向ける。

「なあに、それ」

「テストやんか。百点って書いてあるやろ」

「見えへん」

「なんで見えへんの。丸ばっかりでペケはひとつもないやろ」

「おばさんは近眼なんさ、よう見えへん」

「ほらァ、しっかり見て」

子どもはテストを丸めてフェンスの間から差し込んでくる。裕子はわざとテスト用紙に鼻をつけんばかりに顔を近づけた。

「ほんまや、すごい。おばさんは百点を見たのは初めて。また見せて」

「また見せたげるよ。この次もがんばるから」

そんなたわいない話をしながら、亮太の声が聞こえてくるのを待つのは、たまらなく幸せな時間だった。

しかしその日、亮太の声はなかなか聞こえてこなかった。同じクラスの直也と明の姿が見えたとき、裕子は思わずこちらから声をかけた。

「あれっ、今日は三人一緒じゃないん？」

「亮ちゃんは、途中まで一緒やったんやけど」

何となく言いにくそうなそぶりをして、二人は互いに顔を見合わせている。

「喧嘩、したんやろ」

「違うよ、なあ」

直也は、言葉を濁しながら明の顔をちらりと見た。

「亮太は、また居残りをさせられたん？」

「そこまでは一緒に帰って来たよ、なっ」

明は「なっ」に力をこめて直也に同意を求めた。

「まさか、亮太が誰かの車に乗ったとか」

そう言った裕子の声は気色ばんでいた。

「亮ちゃんは、あそこで子犬と遊んでいるだけや」

明は田んぼの方向に人さし指を向けた。

「汚いからやめときん、とゆうたんやけど」

二人は、亮太をその場に残して先に帰って来たことに、少々の後ろめたさを感じている様子だ。どちらともなく「なあ」と言い合って、困った顔をしている。

亮太のいない理由がわかれば心配はないのだから、裕子はいつもの落ち着きをとり戻した。明の指差す方向を見ると、確かに黄色い帽子が路傍にしゃがみ込んでいる姿が見えた。

「亮太は、あんなところで道草をしてんのやな。帰って来たらうんと叱ってやるわ」

「叱らんといて、おばさん。ハンカチで犬を拭いてやってるだけやから」

直也と明は、後ろを振り返り振り返りしながら帰って行った。裕子は黄色い帽子の見える位置に陣取り、草取りをするふりをしながら、ちらちらと亮太を眺めていた。

亮太は立ったかと思うと再びしゃがみ込み、ごそごそと手を動かしている。

こちらから迎えに行こうかな、と裕子が思い始めたとき、彼はツッと立ち上がった。両の手を胸のあたりで組み、勢いよくこちらに向かって走ってきた。ランドセルの黄色い蓋が、ばたんばたんと上下に揺れているが、気にする様子もないところを見ると、カバンの蓋どころではないらしい。

「お母さん、大変や」

その声を聞いてから、裕子は落ち着きはらって立ち上がった。

「どうしたん？　今日はえらい遅かったなあ」

「犬が死んでしまう」

亮太が差し出した両手の中には、泥に汚れた子犬がハンカチに包まれて入っていた。目は開いているようだが、まだ生まれてから日の浅い子犬だ。

「お母さん犬は、おらんだん？」

「誰もおらんで、一人ぼっちやった。寒くて震えていたから、ボクがハンカチで拭いてやったんやけど、まだ震えとる。このままじゃ死んじゃう」

裕子は犬好きで、子どもの頃にも犬を飼っていた。この子犬を一度家に入れてしまったら、再び捨てに行くことなどできはしない、という予感がする。

しかし、夫は犬よりも猫が好きなことも知っている。亮太の手の中で泥にまみれたまま、寒さと恐怖で震えている子犬を目にすると、飼うかどうかを決めるより先に、この犬を救って落ち着かせてやらなければいけない、と裕子は思った。

「先に身体を洗ってやろ。不安がってるし、こんなに泥んこではどんな顔をしているのか、よくわからへん。ブスかもしれへんしさ」

裕子は、亮太の手から子犬を受け取った。

「顔なんてどうでもいいや、人間は顔じゃないって、お母さんはいつも言っとんのに、なんで顔が気になるん？」

子犬の顔は泥で汚れてみすぼらしく、かわいい犬だとは言いがたい姿をしている。

亮太は犬の顔が不細工だったら、また捨てられるかもしれないと、とっさに判断したようだ。

裕子は、雌であることを確認したときに、わずかに躊躇を感じたけれど、一度手に抱いてしまえばもう捨てられないことを、自分自身の性格としてよく知っている。

しかし、夫の留守に勝手に決めるわけにはいかない。

「人間は顔と違うけどさ、犬は顔が大切なん」

「なんで？　どうして？」

と、追いかけてくる亮太と一緒に風呂場に行き、シャワーで子犬を洗い、タオルで拭いたあと、軽くドライヤーをかけて乾かすと、真っ白な姿が現れた。いくらか紀州犬に似てはいるが、顔が長くて、どうひいき目に見ても雑種である。

「どう？　かわいい？　かわいい！　かわいい！」

亮太は、ひとり合点して大きな声をあげた。犬の顔を見て安心したのか、まるで自分がテストで高得点をとったような自慢気な顔をしている。

裕子は亮太の勢いにつられたように答えた。

「うん、かわいい」

「ねえ、飼ってもいいやろ？」

「それはあかん」

「なんで？」

「お父さんに聞いてみやな、決められへん」

「お父さんは、いつ帰る？」

「さあ、いつかなあ」

「今日は木曜日。お父さんは七時に帰る日や」

「そんなことより、ミルクを飲まさなあかんわ」

裕子は牛乳を温めて指先につけ、子犬に近づけた。クーンクーンと鳴き声にもならない声を出して、犬は鼻を指に近づけてくる。最初は警戒するそぶりをしたが、やがてぺろぺろと舐めだした。

まだ自分で皿からミルクを舐められないほどの小ささだが、生きるためには人間の指も舐めなくてはいけないことをわかっているようだ。指では追いつかないので、スポイトを利用して口の中に流し込むようにすると、すぐに要領を覚えて元気に飲みだした。

「このコ、賢いよ、お母さん」

「ほんまやな、亮太と同じくらい賢い」

「ボクが拾ったから、ボクに似るんやね」

お腹がふくれて身体が温まった子犬は、安心したように亮太の膝の上で眠ってしまった。裕子はとりあえず、段ボールに新聞紙と古いバスタオルを敷いて、犬の居場所と寝床を準備した。

命を預かる

「ねえ、お父さんは反対するやろか」

「さあ、どうやろ」

「お父さんが反対したら、お母さんも反対するやろ？」

「なんで？」

「だって、お母さんはお父さんの言うとおりやもん」

裕子は、子どもの前で夫に逆らうことはしないように心がけている。自分にとって啓介は夫だから基本的に平等だが、亮太と啓介の関係が平等であってはいけないと思っている。

家族図を表に書いても、夫と妻は横線で並べて描くが、子どもは縦線で一段下に書かれる。それは位置関係を示しているのだ、と自分流に解釈している。

だからといって、自分のことを素直で従順な妻だと思っているわけではない。意見交換は、時としてバトルに転じることもあった。

黙っている裕子に、亮太は不安を募らせたらしい。犬を抱いて片手で頭をなでながら、夕食の支度をしている裕子のそばへ寄ってきた。

「ボク、お父さんは反対せんと思うけどなあ」

「なんでそう思うん？」

「だって、お父さんの仕事は医者やろ。命を粗末にはしやへんさ」

裕子は、亮太の必死な思いつきと、粗末などという大人びた言葉に、思わず笑い出しそうになるのをかろうじて我慢した。

「お父さんは獣医さんと違うに。人間を診てる医者やに」

「命に変わりはないって、ずっと前にお母さん、言うたやんか」

そうこうしているうちに、車がガレージに入る音がして啓介が帰宅した。亮太は子犬を抱いたまま玄関へ出迎えにも行けず、犬と一緒に隠れるわけにもいかず、台所をウロウロしている。

ダイニングキッチンのドアを開けた啓介と亮太は、鉢合わせをしてしまった。

「お、お父さん。犬飼っていい？」

子犬を抱いた亮太にいきなりそう言われた啓介は、一瞬裕子の顔を見たが、首を少しかしげた彼女の様子を見て、大体の事情を読み取ったようだ。

「どうした、その犬」

「田んぼの溝に落ちとったん。濡れて泥んこで寒いんかして震えとったから、ボクが拾ってきたんや。お母さんと一緒に綺麗に洗って、ドライヤーまでかけたんさ。飼ってもいいいやんなあ」

自分の努力を認めてもらって、啓介の許可を得るつもりでいるようだ。

「犬の世話は大変だよ。亮太にできるかな」

「一人ではできへんけど、直也も明も亮太んちで飼いなよってゆうとった」

「二人がそう言っても、飼うのは亮太だろ。自分で世話ができないのなら、元の場所に置いてくるより仕方がないな」

「そんなことしたら死んでしまうやんか。お父さん、医者なのによくそんなこと言えるなあ」

　啓介は、声をあげて笑いだした。

「亮太の勝ちだな。ただし、散歩とウンチの世話は亮太の役目だぞ。犬はごはんより散歩のほうが好きだから、散歩に連れ出してくれる人をご主人様だと思うんだよ」

　犬にはあまり関心のない人だと思っていたけれど、啓介は意外に犬の性分をよく知っているな、と裕子は内心クスリと笑った。

「わかった。そんなこと、簡単や。約束する」

　犬の世話を簡単に考えている亮太に向かって、裕子は自分が子どもの頃に自分の母親に言われた話をしようと思い立った。受け売り話になるけれど、裕子の心の中に残って消えない話を、次の世代に伝えることも親としての大切な役目だ。

「犬や猫はもちろんのこと、籠に入った小鳥も、池で泳ぐ鯉も、ペットとして飼われる生き物の命は、すべて飼い主に任されているんやに」

「マカサレルって、どういう意味」

「責任を持たないかんってことかな、命を預かるってことかな」

啓介の説明に、亮太は大きくうなずいた。

「自然界の生き物は、すべて自分で自分のエサをさがして、他の生き物の命をいただいて生きてきたんさ。自分でエサを取れなくなったときは、ほかの動物のエサになって、昔からそれぞれの命が繋がってきたんやに。人間だって、他の生き物の命をいただいて生きているんやに。

だから食事をする前に『いただきます』って言うやろ。うちだって、お父さんが一生懸命働いてお金を稼いで、それで食べ物を買って生きているんやから。でも、人間に飼われている生き物は違う。

この犬をうちで飼うということは、この命を預かるということやから、エサだけでなく散歩やウンチも絶対に手抜きしないで育ててやらないとあかんのさ」

「お母さんの言うことは、やっぱりエライ。僕とは違う」

腕組みをして聞いていた啓介が、うなずきながら言った。

「チャチャを入れんといて、まじめな話をしているのだから。お母さんのお母さん、つまり亮太のおばあちゃんに言われたときは感動して聞いたもんやに」

「僕たちだって感動して聞いているよ。なあ、亮太」

啓介の言葉に、亮太は大きくうなずいた。

「わかった。お父さんもお母さんもわかったんだから、ボクにもわかる。だから、この犬を飼うことを許して、お願いや」

「亮太がこの家の子として生まれたのは運命だし、この子犬が誰かに捨てられ、亮太に拾われてうちの犬になるのも運命なんや。だから、途中で放りだすことは絶対にできんのやに」

こうして子犬は家族の一員に加えられ、夕食後に犬の名前を決める家族会議が居間で始まった。子犬は亮太の胸に抱きかかえられて目を閉じ、おとなしくしているが、耳だけヒクヒクと動くところを見ると、話の成り行きを気にしているように思われた。

「白いからシロにしよう」

子犬に頬をつけんばかりにして顔を覗き込みながら、亮太が言った。発想が子どもらしくて悪くはないが、シロではあまりに単純だ。裕子が思いつくまま「ポチ」と言うと、啓介は「ジュリー」と言う。

今度は「ハナ」と言うと、「ユリ」と切り返してきた。

「もっと、まじめに考えてさ。人間みたいな名前じゃなくて、犬に似合った名前をつけてえさ」

亮太がむくれ顔になってきたので、啓介はまじめな顔に戻って、

「ピンはどうだろう。一番という意味で」

と言った。

「何が一番なん？　それに、ピンなんてなんだか画鋲みたい。あまり利口そうにも聞こえない呼び名だし……」

裕子はピンという名前に気乗りがしなかったが、かといって他によい名前も思いつかない。ほんの少し白けた空気が流れ始めたとき、啓介は大きな両手で亮太の胸から子犬を離し、自分の膝に乗せた。

子犬は目を開けて、啓介の顔をじっと見つめている。

「僕が子どもの頃に飼っていた犬に、おばあちゃんがピンという名前をつけたんや。この犬と同じように白くてね、賢い犬だったなあ」

啓介の気持ちは、遠い昔に飛んでいるようだった。

「なあんや。お父さんも犬を飼ってたんや。ピンだ、ピンだ、ピンにしよう」

急に亮太が大はしゃぎを始めたのは、啓介の思い出話を聞いて気持ちが高ぶったのに違いない。

ひとりっ子の亮太にとって、弟ができたような気分になったらしい。いつもの就寝時間の八時を過ぎても、ピンを手放そうとしない亮太は、裕子に促されてやっとピンを段ボール箱に入れた。

亮太の手の中でおとなしくしていたピンは、箱に下ろされたのが不安らしく、ヨタヨタと動きながらクォーン、クォーンと何度か弱々しい声で鳴いていたが、すぐに静かになった。

溝で凍えていた自分が拾われて、居場所がここに決まったことを本能的に知り、安心して眠りについたのだろうか。裕子にしても、亮太が子犬を連れて帰宅したときから、こうなることを望んでいたような気がする。

啓介は犬に関心がないのでは、と気がかりだったが、彼もまた犬と馴染んで暮らしていた時期があったのだとわかって、少しの驚きと大きな安心を覚えた。

「あなた、本当は犬より猫が飼いたかったんと違う？」

「猫が好きだ、とは言ったけれど、犬が嫌いと言ったことはないよ。お母さんに初めて出会ったとき、子猫のようにかわいい人や、と思ったな」

啓介はいつも裕子のことを「お母さん」と呼んでいる。裕子は、時には「あなたのお母さんではありません」と言いたくなるが「まあいいか！」と、取り合わないようにしていた。

「過去形で言うなんて、失礼な人やなあ。どんな猫でも、いつかは大きくなるわさ」と、言ったものの子猫みたいかあ、と裕子は心の中でつぶやいた。猫でもよかったような気がするが、今となっては猫でも犬でもどちらでもよい。家族全員でピンを受け入れることに決めたことに、裕子は充分満足だった。

裕子は布団に入るまでに、何度もピンの様子を見に行った。小さく丸まっている身体に手をあてて温みを調べたくなるほど、ピンはぐっすりと眠っていた。

ピンが家族に加わった日の夜、激しく雷が鳴り強い雨が降った。もし、亮太が拾ってこなければ、間違いなく子犬は死んでいただろう。

翌朝、自分で段ボール箱から出ることができずに、中でゴソゴソと動きまわっていたピンを見つけた亮太は、パジャマ姿のままピンを抱き上げ、朝餉の支度をしていた裕子のところへ飛んできた。

「ピンがおかしい。どうしよう」

「きっとオシッコやに」

二人で庭の横手にある梅の木の隅に下ろすと、ピンはすぐにそこで用を足した。亮太と裕子は、思わず顔を見合わせた。啓介が一番と言ったとおり、本当にピンという名前がふさわしい賢い犬だ、と互いに同じことを思ったようだった。

「亮太、まだパジャマのままやんか」

「忙しくて忘れてた。ボク、早く着替えてお散歩に行ってくる。お父さんとの約束は守らなくちゃ」

大人びた口調で着替えをすますと、亮太はピンを抱いて外に出て行ったが、すぐに戻ってきた。美濃屋川に沿った土手道には、一列に並んで六軒の家がある。亮太はそこをぐるりと一回りしてきたのだろう。

「もう帰って来たん？　早い散歩だね」

「うん、誰にも会わんかったから早くすんでしもた。明にも見せてやろうと思ったんやけど、まだ寝とるみたい」

「お父さんとの約束を守って亮太も偉いねえ」

「そりゃあ、男同士の約束やからな」

「さすが、ピンのお兄ちゃんだけのことはある」

亮太は、今朝目覚めたときからとても機嫌がよかった。ふだんから手のかからない楽な子どもだったけれど、母親の目から見ると、昨日に比べて少し大人になったような気さえする。登校するときは、

「ニイちゃんが帰るまで、寂しくてもおとなしく待っているんだぞ」

と、すっかり兄貴気取りだった。

三人と一匹

その日から、ひとりっ子の亮太にとってピンは弟分になった。啓介の帰宅は遅かったので、亮太はピンを箱から出して居間に連れてきては、話し相手にして遊んでいる。

「直也がね、ピンの名前をへんな名前だと笑ろたから『そんなこと言うたら、ピンに触らしてやらん』って言ってやったら、急に『かわいい名前やなあ』だってさ。明も同じことを言ったから、明日からアキラのことメイって呼んでやる、って言ってやったさ。なんたって、ピンは一番やもんな」

「お母さんには内緒やけどな、ボク、昨日の宿題すっかり忘れてた。お前のせいやぞ。先生に『宿題は忘れたけど、子犬の命は助かりました』って言ったら叱られへんだ」

裕子に言えないようなまずい話をピンにしているのに、裕子に聞こえる場所で話しているのだから、本気で裕子に内緒にしたいのかどうかは疑わしい。

美濃屋川を挟んで田んぼの北側は丘陵地帯だったが開発され、新しい団地へとつながっている。団地は、こぼした水が広がるように、次から次へと家が建ち、裕子の姉の幸子一家もその団地に居を構えていた。

幸子は看護師だったから夜勤があり、勤務日程もよく変更になったりする。だから幸子からの連絡はいつも急だ。

「今日、非番だから遊びに行くわ」

遊びに行くわ、という意味は昼ご飯を一緒に食べよう、という意味だ。裕子には予定があったが、急ぐ用事でもないので、幸子に会うことに決めた。

「いいけど、冷蔵庫は空っぽだから、何も美味しい物つくれへんに」

「いただいた北海道のラーメンを持って行くから大丈夫」

幸子の家からは歩いて二十分ほどの距離だから、それまでに掃除機をかけてピンのタオル交換もしてやらねば、と動き回っていたら、突然後ろから幸子の声がした。庭を眺めながら廊下側から入って来たらしい。

「どうしたん、この犬」

「ピンという名前。かわいいでしょ」

「飼うたん？　この前に来たときにはおらへんだのに」

「きのう、亮太が学校の帰りに拾ってきたんよ」

「捨て犬なんか、飼うたらあかん。ペット類はいろいろな菌を持っているから飼わんほうがいい、とあれほど注意したのに。特に、犬は毛が落ちて不潔になりやすいから」

「そうなんやけどさあ、まあ、成り行き上こうなってしもた」

「クチのついてるものは、手がかかって大変やに。亮太のせいにしてるけど、本当は裕子が飼いたかったんやないん？　アンタ、犬が好きだから」

「まあ、そうやけど、家族で決めたことやし。それに、姉さんだって九官鳥を飼っているやないの」

「あれは事情があって仕方がなかったんよ。籠の中にいるから、どこへでも預けられるし、散歩もいらんから、まあいいかと思ってね」

「九官鳥には、クチはついてないのん？」

「九官鳥のエサくらい、簡単よ」

「いつも声をかけてかわいがっているくせに。九官鳥だってペットだよねエ」

口では勝てないと悟ったのか、幸子はしかめ面をしながら、段ボールの前にしゃがみ込んでピンを覗いた。二人の会話の口調から何かを感じたのか、ピンは箱の隅で身体を小さく丸め、目だけこちらに向けている。

「ねっ、かわいいでしょ。なかなかの美人やろ?」

「メスなん?　もう少し大きくなったら忘れないよう避妊しておかなあかんよ」

そのとき、裕子は幸子の言葉をあまり重要視していなかった。そのツケはあとからきて、いろいろな騒動を引き起こすことになった。

ピンが家族に加わってから、家族の様子に少し変化が出てきた。啓介と約束した犬の散歩は、朝と夕方に必ず亮太がピンを抱いて行った。

犬に用足しをさせる方法も後始末も、亮太はすぐに覚えた。裕子が同行することも多かったが、自分の役割として責任を持っているらしく、亮太が抜けることはまずなかった。

車が通る道は避けたかったので、美濃屋川をさかのぼり、次の橋を渡って反対の土手道を折り返し帰って来るのが常だった。

亮太が部屋でおとなしくしているときは、ガンダムか汽車の絵を描いているのだが、そんなときも膝には必ずピンを座らせていた。ちょっと騒がしいときは、ピンの手足をおもちゃにしたり、追いかけ合ったりして遊んでいる。

ひとりっ子の亮太と読書好きな啓介との三人暮らしは、今までは静かで穏やかな日々だった。テレビがついていていても、亮太は絵を描いているし、啓介は本を読んでいる。それが当たり前だったのに、ピンが家族に加わってからは、空気の動きが違ってきた。

小さなものは何をしてもあどけなくて、かわいらしく見える。裕子がそばを通るとクォーンと話しかけてくるし、啓介の読む新聞の上を平気で歩いて行くし、亮太に尻尾をつかまれると、喜んでじゃれ合ったりしていた。

ピンは順調に成長して、犬を嫌っていた幸子までが、

「ピンはかわいいね」

と言うほど、みんなに甘えるようになった。首をかしげてじっと顔を見つめるピン

のしぐさが、なんともかわいい。裕子が食事の支度をしているときなどに、亮太はピンを相手にガンダムの絵を見せたり、汽車の話を聞かせたりしている。

「今度、ピンにもキハという記号の電車に乗せてやるからな。そのときは、人にばれないように、おとなしくしていないとダメだぞ。お母さんが反対したら、ボクのカバンに入れて、一緒に連れてってやるからな」

そんな実現しそうもない、たわいない夢のような話を聞いていると、裕子の心も和んでくる。亮太がひとりっ子でかわいそうだ、と何度も思ったが、最近ではそんなことも忘れてしまうほど、ピンは家族の一員になりきっていた。

裕子自身は祖父母もいて、姉も兄も四人ずついる大家族の中で育った。物を取り合いする兄弟喧嘩や、何かするときのかけひきごとは日常茶飯事で、喧騒で活気のある家族だった。

亮太が会話を交わすのは、ほとんど裕子だけ。啓介は帰宅の遅い日が多く、それが裕子には寂しかった。知恵も、思考も、言語なくしては発達しにくいのではないか、と思っていた。

たとえ一方的でも、亮太がピンに話しかけている声を聞くと、家族的な賑わいが感じられた。また、亮太はピンを飼うことで、自分より小さなものや弱いものをかばったり、慈しむことを知ったようだ。裕子は、このまま亮太が心やさしい子に育ってくれることを願わずにはいられなかった。

一ヶ月も経つと、ピンは散歩を待ち望むそぶりを見せた。もともと川べりの散歩は家族の好むところだったが、啓介の休みの日には、必ず三人と一匹で外へ出るのが暗黙の決まりになった。小雨が降っても、スカートを舞い上げるほどの風が吹いても、三人と一匹は散歩に出かけた。

それはピンの喜びであると同時に、家族三人にとっても貴重な時間になった。道端の草花の名を覚え、川にいる魚の名前をあてっこし、鴨の親子に自分たちを重ね合わせるひとときに、裕子はとても幸せを感じた。

たぶん、啓介も亮太も、それぞれがそれぞれなりに家族の絆で結ばれた、平凡でも満ち足りた幸せを感じていたと思う。それは、ピンがつくり出してくれた時間と言えた。

第二話

ピンの成長

犬小屋づくり

家族に加わったピンは、玄関の隅に置かれた段ボールの中を居場所とした。

まだ小さくて、自分で外に這い出るようなことはなかったが、箱の外に出してやると、裕子のあとについてフェンスのある南側の庭までヒョコヒョコついてきた。

そして、少し湿った梅の木の根元で用を足した。ここでするように、と教えたわけではないが、どうもそこがピンのお気に入りの用足し場のようだった。用足しがすんだあとでも、ピンは夕方まで庭で過ごすことが多くなった。

外に出入りするたびにピンの両手足を拭くのが面倒になった裕子が、ピンに見つからないよう、こっそりと家の中に入っても、好奇心旺盛なピンは庭のあちこちを探索して、裕子がいなくなったことに気がつかずにいた。

裕子が居間にある茶色の布製ソファーに横になり、両腕を頭の上に上げて休憩をしているると、彼女の足にもたれて昼寝をするのがピンの日課になった。

ピンに足を取られると、裕子は身動きができなくなるから、やむを得ずじっとしていなくてはならない。ピンが乳児のような温かさで裕子の足をとらえると、彼女も眠くなってくる。

ピンには困ったものだわ、などと自分に言い訳をしながら、とろとろと惰眠をむさぼるのは、なかなか捨てがたい魅力がある。ピンを外に出すのは、裕子の昼寝がすんでからが多かった。

桜が花を散らし終える頃には、乾いた田のほとんどに水が入れられた。まだ苗が植えられていない田んぼは池のようになって、夜には鏡になり、月夜の晩は月が天と地で輝いて、夜とは思えないほど明るくなる。

オケラの鳴き声を聞きながら眺める田ごとの月には、しばし見とれた。桜が葉桜になった頃、ピンはミルクを卒業し、自分でエサを食べられるようになった。

幸子が言っていたように、衛生面から考えても室内犬として飼う気はなかったが、それよりも、庭で放し飼いにしてピンに少しの自由を与えてやりたい気持ちのほうが強かった。

庭にはフェンスがあるから、勝手に飛び出すことはできない。鎖で縛る必要もない。短い鎖で縛られている犬を見ると、裕子はいつも顔をそむけた。あの犬には短い鎖の長さだけしか自由がないのだ、と思うと、かわいそうでならなかった。

東の駐車場以外の庭を犬の遊び場にしてやれば、ピンは狭い室内にいるよりもずっとずっと楽しく暮らせるだろう、とピンの気持ちを推し量ったが、ピンの気持ちを聞くのは不可能だ。

いずれにしても、裕子はそろそろピンを外で飼う時期がきたな、と思った。

夕食のあと片付けが一段落した後、裕子は亮太と啓介のいる居間に行った。ピンはいつものように亮太の膝でだらりと手足を伸ばしているし、啓介は亮太の横で本を読んでいる。裕子は深呼吸をしてから、思い切って話を切り出した。

「ねえ、ピンを明日からテラスで飼うことにしようよ。毛が落ちるし、トイレも不潔になるやろ」

話の途中で、亮太は裕子の言葉をさえぎった。

「ピンはいつも段ボールの隅っこにある砂の中でオシッコしとるし、庭にいてもちゃんと端っこでウンチしているし、散歩のときにもしてるやんか。そんなかわいそうなことやめてえさ」

黙っている裕子に、亮太は再び反論をした。

「夜になってひとりぼっちで外にいたら、きっと鳴くで。昼間だって、お母さんと一緒にソファーで寝られへんだら、寂しくて悲しがるに」

裕子は、亮太の最後の一言に嫌な予感がして、そのまま聞き流すことができなかった。

「ソファーで一緒に寝てるって、なんやの」

「こうやってさ、いつもソファーで寝てるやんか」

亮太はソファーまで行って横になり、両手を頭の上に丸く上げて、とろんと目をつむった。亮太のしぐさを見た啓介は、口を押さえてクックッと吹き出した。子どもは見ていないようでも、しっかりと親の日常を見ているらしい。

裕子は、亮太が自分の真似をするのを見て、

「亮太は物真似が上手だねえ、自分で自分を見たことはないけど、私はそんな感じで寝てるんかあ」

なんて一緒に笑うこともできるが、啓介が亮太の様子を見て笑うのは、黙って許すわけにはいかない。啓介の知らない自分の私生活を垣間見られたような気恥ずかしさもある。

「何がおかしいん？　どうして、あなたがそこで笑うんよ」

「いや、あまりにも感じがうまく出ているので、つい」

「その言葉、笑ったよりもっと悪い。失礼やな」

まだ言い足りない裕子の言葉をさえぎるように、亮太が追い討ちをかけた。

「それに、お母さんはお腹の上でピンを『タカイ高い、気持ちいいかなー、ほら高いよー』なんて言いながら、持ち上げて遊んでやってる。ボク知っとるもん」

この様子では、次にどんな話が飛び出してくるかわかったものではない。勝ち目がないとみるや、裕子は話の矛先を変えた。

「亮太はねエ、人間やな。宇宙の中では地球人、地球の中では日本人、日本の中では三重県人、そして、お父さんとお母さんの大切な子どもとして生まれたんやに。

これはどうにもならない運命なんさ。ピンは日本で生まれ、田んぼで亮太に出会って拾われて、この家に来たのが運命。ピンはうちの大切な家族やけど、やっぱり、犬は犬。我が家のやり方で、犬として大事にして育ててやりたいと思うからこそ、家の中より広くて、自然に触れられる庭で飼ってやりたいと思うんやさ」

「亮太、ピンに小屋をつくってやろうか。南の庭はフェンスで囲ってあるから、そこで自由に遊べたらピンも喜ぶと思うよ」

啓介は裕子の話のあとを引き取って言った。前もって相談したわけではないから、啓介も裕子と同じ考えでいたのだと思う。

「あっ、お父さん、それはええなあ。それならボクも大賛成」

啓介の提案に、裕子はひとつの疑問を投げかけた。

「いい考えだけれど、誰が小屋をつくるの」

啓介は、反りかえって答えた。

「もちろん、僕と亮太がつくるさ」

裕子は、啓介が指は打てても釘は打てないことを充分に知っている。

「釘の一本も打てない人に、どうして犬小屋がつくれるんさ」

「お母さんは夢がないんやね。やってみなければわからんだろ」

「そうや。お父さんならきっとできる。ボクも手伝う」

裕子は、啓介がのこぎりで怪我をしたりしないかと心配したが、指の先に血豆でもつくれば犬小屋づくりをあきらめるだろうと覚悟を決めた。

次の休日に、啓介と亮太はピンも車に乗せて、犬小屋の材料を買いに出かけた。トランクから出てきたものは、トランクに入る大きさぎりぎりの板が十枚、角棒十本、のこぎりと金槌、大小の釘、そして日曜大工の本を数冊。まるで物置小屋でもつくるのかと思うほどの量だ。

その日のほとんどは、買ってきた本を読むのに費やされた。啓介は活字中毒だから本を読んでいれば機嫌がいい。

亮太は、ピンが一日でも長く室内にいられることを望んでいるわけだから、犬小屋づくりの催促をする必要がない。やきもきするのは、裕子ひとりだ。ピンが裕子のつくるエサを自分で食べることができ、庭も走り回れるほど大きくなった以上、一日でも早く外に出したかった。

裕子は、こっそり姉の幸子に電話をした。

「ピンの小屋をつくりたいの。もう外に出しても大丈夫だと思うから」

「そりゃ、外のほうがいいわ。もう充分大きくなったし」

「啓介さんは自分で犬小屋をつくるつもりで材料はそろえてあるんやけど、彼の手に負えるわけがないでしょ。だから、お義兄さんに頼んでよ」

「わかった。来週の日曜は私も非番だから、二人一緒にさり気なく行くわ」

一郎は大きな病院のボイラーマンをしていたが、手先が器用で大工仕事も得意だった。次の日曜日、啓介と亮太は朝から庭に出て、長い板と奮闘を始めた。ピンは自分の小屋ができるとも知らずに、嬉しそうに二人の周囲を走り回っている。

そして、前足と鼻を使って花壇に穴を掘り始めた。ピンの穴掘りは、生まれついての得意芸であることを、このときはまだわからなかった。

「亮太、そこを押さえていてくれ。お父さんがのこぎりで切るから」

「こう？　これでいい？」

のこぎりは波打つようにしなって、なかなか思うようには切れない。

「もう少し、手前を押さえてくれないか」

啓介が指でも落としはしないかと心配でたまらない裕子は、

「始まったから早く来てほしい」

と、幸子に連絡をした。電話をしてから三十分くらい経ってもまだ現れない二人に、裕子は三十分が何時間にも長く感じられた。

催促の電話をして二時間ほど経ってから、幸子が腕に大きな風呂敷包みを抱えて現れた。後ろを歩いている義兄の一郎の手に、肉屋の名前が書かれた袋がぶら下がっている。

啓介の仕事は、やっと数枚の板を切り終えるまで進んでいたが、この調子では日暮れて道遠しだ。

一郎は袋を提げたまま庭へ回り、啓介に声をかけた。

「啓介さん、一体何を始めたんですか」

「いやあ義兄さん、犬小屋をつくろうと思いましてね」

「それは大変だ。その大仕事の前に、まず腹ごしらえをしなくては力が出ないでしょ。すき焼き肉をもらったので、一緒に食べませんか」

縁側から様子を見ていた幸子が、風呂敷包みを持ち上げて見せた。

「亮太の好きな麩も糸コンも、たくさん用意してきたで、一緒に食べよに」

「そりゃ、いいですね。亮太、休憩にしよう」

「休憩って、まだ板を切っただけなのに」

亮太は不服そうだったが、啓介にすれば、すき焼きは渡りに船だろう。顔中から汗を流して、まるで何時間も力仕事をしていたような風情だ。

幸子も一郎も、啓介がそういう仕事には不向きなことは充分に知っている。彼は棚のひとつもつくれないほど不器用だし、切れた蛍光灯の交換すらしたことがない人だから。

ひょっとしたら、亮太もそのあたりを感じ取り、午後は大工さんが交代することを察知したのかもしれない。

「でも、すき焼きなら休憩にする」

幸子は包みを裕子に渡すと、庭におりて走り回っているピンを抱きとめ、自分の顔の高さへ持ち上げた。ピンの鼻に乾いた泥がついていて、いたずら好きな元気な様子が見てとれる。

「ピン、大きくなったなあ。鼻に化粧してベッピンさんやこと」

「そうやろ、本当にかわいいやろ」

ピンの顔を覗き込みながら大笑いをする亮太と啓介に、幸子が言った。

「そうやなあ、子犬も子猫も小さいうちは本当にかわいい。このかわいいしぐさを見たら、誰でも飼いたくなるけど、人間と違ってすぐに大きくなるから、いろいろ大変やに」

亮太はもともとカンの鋭い子だったが、ピンに関しては特にカンが働くようだ。彼は自分がピンの味方につかねばいけない、とすぐに察知した。

「大丈夫、ボクがちゃんと面倒みるからさ」

「はい、はい、わかりました。がんばってくださいな」

幸子は半分ちゃかすように亮太に言ったが、本当は裕子と啓介に聞かせたかったのかもしれない。ピンを抱き上げた亮太が、

「お母さん、昼ごはんだからピンも家の中に入れようか」

と、聞いた。

「いや、もう昼間は家に入れないで庭で遊ばせように。少しずつ慣れさせせんとあかんから」

亮太は残念そうにピンを地面に下ろした。

バッカ・トウ

台所では幸子が持ってきた風呂敷包みが開けられて、切りそろえた野菜や糸コンが大皿に並び、鍋さえあればすぐに食べられるようになっていた。

いくつになっても姉は姉であり、妹は楽ができる得な役回りやなあ、と裕子は嬉しく思う半面、亮太に兄弟のいないことを少しかわいそうに感じた。

しかし、牛肉が煮えてきたらそんな感傷など吹っ飛んでしまい、早い者勝ちでつつき合うと、あっと言う間に食べ終えてしまった。亮太はすぐにでも仕事にかかりたいようだが、肝心の大工さんたちが話に花を咲かせて動きそうもない。

「早くやろうよ」

亮太には、小屋づくりも遊びの延長でしかないようだ。ピンを外の犬小屋に出すことに反対していたのに、小屋をつくる作業は楽しいらしい。

亮太の気持ちはよくわかるが、この先の成り行きは見えているから、裕子も幸子も落ち着いたものだ。一郎が現れた以上、犬小屋づくりは一郎の仕事になるだろう、と啓介も思っているに違いない。

小屋をつくるという啓介の意気込みは、すっかり消えうせたように見えた。あとは亮太を納得させるだけだ。

「昔から船頭が多いと船が進まないっていうやろ。大工さんが二人もいると仕事がやりにくいから、一郎伯父さんにお願いしよにさ」

「それがいい、それがいい」

真っ先に賛成をしたのは啓介だった。きっと犬小屋を完成させるのは無理だろうと、自分自身が一番よくわかっていたに違いない。裕子と幸子は目配せをしてうなずき合った。

「亮太、それがええに。お父さんの帰りは遅いけど、一郎伯父さんなら仕事の帰りに寄ってつくってくれるからさあ」

裕子の言葉が耳に入ったかどうかわからないが、啓介と一郎は碁盤の用意をし始めた。幸子が食事のあと片付けをしているのを見て、裕子は手伝いに台所へ行ってしまった。

亮太は、そんな大人たちの様子を見て、そういうことかと言うようなしたり顔で、読みかけの本を手にすると、ピンのいる庭へ出て行った。

一週間も経つと、立派な犬小屋ができあがった。床は地面より少々高くしてあるし、屋根も寄棟造りとまではいかないが、勾配の美しい姿にできあがった。木目も上手に生かして、既製品にはない特注品の犬小屋だ。

早速、テラスの隅に置いて、洗い晒しのシーツをたたんで敷き、さっぱりとした部屋にしつらえた。

「これなら、大きくなっても使えるぞ」

亮太はピンを抱いて庭に下ろした。

「ピン、お座敷の完成だ」

ピンは自分の小屋に関心を示さずに、庭の隅のいつもの場所で土起こしをして穴を掘っている。亮太は小さくかがんで犬小屋の中に身を入れると、向きを変えて頭を下げ、両膝を抱え込んだ姿で裕子を見上げた。

「お母さん、ボクも入れた」

亮太の丸まったかわいい姿に、裕子は思わず笑みを浮かべた。

「亮太にピッタリのサイズやな。素敵な小屋だから、ピンにもったいない気がしてきた。亮太の部屋にしようか」

裕子が屋根に手を置いて中を覗き込むと、亮太はニッと笑った。

「ピンの部屋を横取りしたら、ピンが怒るでエ。ここはピンのお座敷なんやから」

裕子は笑いながらピンを連れてきて、亮太に手渡した。亮太はピンを受け取り、頭をなでながら、

「ピンは、今日からここで寝るんだぞ」

亮太の言葉を聞くと、ピンはその意味がわかったかのように、素早く小屋を飛び出した。

「気に入らないようだから、今からピンの部屋の飾りつけをしようか」

二人は、玄関の段ボールや犬のガム、水の皿やエサ鉢など、今まで使っていた物を

すべて小屋の前や脇に並べた。

ピンは穴掘りをやめて二人の周りをぐるぐる回ったり、庭の端から端まで走り回っている。何かいつもと違う雰囲気を感じとったのかもしれない。

「お母さん、段ボールは縦に置いて。水の皿は小屋の右がいい」

亮太は小屋の正面に立って、裕子に細かい指示を与えてくる。

「こうかなあ、これでいい？」

裕子は亮太の言うとおりに皿を動かしたり、バスタオルを運んできたりした。

ピンは亮太にとって弟みたいな存在であるから、初めて外で過ごす夜がピンにとって少しでも寂しくないように、と亮太なりに気をつかっている。

裕子はそんな亮太を見ながら、胸が熱くなるのを感じていた。ピンの荷物を運び終えて、二人は満足気に顔を見合わせた。これなら、ピンもきっと気に入るだろうと思ったが、それはこちらの思い違いだった。

ピンは小屋に入らずに、周囲をウロウロするだけだ。夜になると、縁側の下に来てクーンクーンと悲しそうに鳴くので、裕子と亮太がかわるがわるピンのそばへ行き、少しの時間を一緒に過ごした。

次の日からは、あきらめたのか鳴きはしなかったが、小屋の中でなく外にある段ボールで寝ていた。ピンは、外での生活に慣れた頃から小屋の横板を足でひっかいたり、屋根をかじったりし始めた。

小屋で過ごす時間も長くなっていたから、犬小屋に八つ当たりしているのではなく、小屋を自分の遊び道具にしてしまったものと思われる。

フェンスで囲われた庭の中で放し飼いにされ、ピンは庭の中ではまったくの自由だ。テラスは卓球台が置けるほど広かったし、庭はかなりの広さがあったから、ピンにとっては少しの不自由もないと思っていた。

しかし、この考えも人間の身勝手な思い込みであることを後で思い知らされた。

ピンは、コロコロと庭中を走り回り、日に日にたくましくなった。子どもが道を通ると、フェンス越しに彼等と歩調を合わせて端から端まで喜んでついて歩いた。亮太に拾われて胸に抱かれたときから、ピンにとって子どもは自分の味方で友達だと勝手に決めているらしい。

庭が道より高いので、子どもたちの目線とピンの目線はほぼ同じ高さになる。近所の子どもが手をフェンスの中に入れると、喜んで手を舐め回し、舐め舐めが終わると、ピンは自分の頭を差し出して、子どもたちの気がすむまでおとなしく頭をなでてもらっていた。だから、通りすがりにピンとひと遊びする子どもが増えてきた。

犬連れの人が前を通ると、ピンは偉そうに庭の中から吠えたてた。犬だけに敵対心をもっているわけではないらしく、一人で歩いている人にも吠えたりしたが、歩く人全員に吠えるわけではなかった。

ピンはピンなりに、近所の人かまったく知らない人か、虫の好かない人かを区別していたのだろう。幸子の足音などは、どう区別するのかわからないが、姿の見えないうちから聞き耳をたて、尻尾をゆっくりと振り、幸子の姿が見える一番近い場所で待っていた。

亮太は学校から帰宅すると、ピンにリードをつけて散歩に出た。ピンと出会ったときからかかわりのあった近所の直也と、向かいの明が一緒に行くことが多い。周囲は田んぼと畑ばかりだから、交通事故の心配もないし、親としては安心だ。

　ある日、犬を連れて帰ってくる三人の様子が少しおかしい。いつもは絡まるように歩いているのに、なぜかばらばらに歩いてくる。

「おばさん、亮ちゃんを叱ったって」

「喧嘩したん？」

「喧嘩なんかしてない」

　不服そうに抗議をするのは亮太だ。直也が、どうにも我慢ができないというように言い出した。

「ボクのことを呼ぶのにバをつけて、バッカ・トウて呼ぶんやに。バにすっごく力を入れるんや。バッカ・トウって」

　ちなみに、直也の姓は加藤だ。思わず吹き出しそうになるのを堪えていると、明も口を尖らせた。明の姓は本田という。

「ボクにはアをつけるんや。アホー・ンダって」

「あかんネエ、それはあかん。絶対にそんなこと言ったらあかん」

　裕子の声には少し笑いが混じっていたが、顔だけはまじめそうに言った。二人が去ってから、裕子は亮太の頭を両手で包み込み、おでこをつけて声を殺して笑い合った。

「うまいこと言うなあ」

「だろ?」

「うん、あきれるくらいうまい。でも、二人が気を悪くしているから言うのはやめなさい。亮太のことフ・リョウタとか不良タとか呼ばれたら、お母さんも嫌やもん」

「お母さんも、うまいこと言うなあ」

「亮太の親だからね」

今度は二人とものけぞるぐらいに笑いころげた。

かたわらで、ピンがしきりに尻尾を振っている。犬だから事情はわからないはずだけれど、その場に流れる楽しい空気は充分に感じ取ることはできたのだろう。顎をのばして二人を見上げ、自分も仲間であるとでも言いたげに尻尾を振った。

笑い終えると、裕子は急にまじめな顔をして、

「もう絶対に言わん、と約束できる? 人の嫌がることをしてはあかんに」

亮太も、しっかりと裕子の目を見て、

「わかった、もう言わん。約束する」

「じゃ、この話はこれでおしまい。もう一度散歩に行こうか」

「ええっ？　また？」

「うん。今度は徹ちゃんのおばちゃんちに用ができたん。徹ちゃんの小さくなった服のお下がりがあるから取りにおいでって電話があったん。一緒に行こう！」

徹は亮太より二歳年上で、お下がりをもらうとすぐに間に合うので、大いに助かっている。母親同士はもちろんのこと、子ども同士も仲よしなので、徹のお下がりに亮太は少しの抵抗もない。

再びリードを持って出かけるそぶりを見せた亮太に、ピンは尻尾をより一層激しく振った。そして、勢いよく亮太と裕子の周りをぐるぐると走り回り、ジャンプして胸まで跳びついて喜んだ。

ピンの家出

裕子宅の北側に、一反ほどの畑があり、その奥は急坂の丘となる。その丘の上が中山徹の家で、丘も横に広がる竹藪も中山家の敷地だ。

中山家は犬も猫も大好きで、茶色の中型犬タロウを飼っている。ピンとタロウも仲よしだ。徹の家に着くと、亮太と徹がガンダムなどのおもちゃを出して遊び、ピンとタロウもじゃれ合う。

母親同士は、ゆうこちゃん、みっちゃんと呼び合って、互いの子育て相談や悩みの打ち明け話をしながら、午後のティータイムを楽しんだ。あ・うんの呼吸とでも言うのか、二人はとても気が合った。

裕子一家が家を空けるときに、ピンのエサやりをお願いすると、頼まなくてもピンを散歩に連れ出してくれた。

その日から数日後、学校から帰宅した亮太が、庭から大きな声で裕子を呼んだ。

「ピンがおらん」

「小屋のシーツに潜っていない？」

「おらん。どこにもおらん」

今日は少し思い当たる節があったので、裕子はあわてて庭へ出た。ピンは今日もまた、干してあったシャツを物干し竿から引きずり下ろしおもちゃにした。

ハンガーに掛けたので、少し位置が下がったな、とは思ったが、ピンの前足は届かないだろうと安心していたのに、跳びついてシャツを取り、犬小屋に引き入れて噛んでドロドロに破いてしまった。

ピンは洗濯物だけでなく、裕子が育てている草花にも悪さをした。ガーデニングというほどのものではないが、自己流にあれこれ植えて、花を楽しむのは裕子のささやかな趣味だ。

ピンは、その花々を容赦なく踏みつけたり、前足で掘ったりと好き勝手をしたが、それは仕方がないとあきらめている。庭はピンの居場所だから、怒るほうが間違っている。ピンに踏まれても掘られても、生き延びた花だけを楽しむことにしていた。

干し物に悪戯をされたことは何度もあるのだから、今回のことは洗濯物を低く干した自分が悪いとわかってはいるが、今日の悪さは無性に腹が立って、ピンをきつく叱りつけた。

ドロドロに引き裂かれたシャツが啓介のお気に入りの品だったので、裕子は自分の不注意に対して腹が立ち、ピンに八つ当たりをしてしまった。ボロボロにされたシャツをピンの前に置き、頭を二、三度殴りつけて、

「ダメ、ダメ！」

と叱った。ピンはクィーン、クィーンとしおらしく鳴いて、小屋の奥に入って身体を丸めた。いなくなったのは、その一件が原因かもしれない。

裕子は亮太と一緒にピンの名を呼びながら庭中を捜したが、どこにもいない。

「ここから外には出られやんはずやのに」

亮太が垣根のそばから大声で裕子を呼んだ。

「この隙間から出たんや、きっと」

見ると、枝が不自然に折れている。亮太の言うように、生垣とフェンスの間をすり抜けて、そこから外の道へジャンプして、逃げ出した可能性が高い。

道路まではかなりの高さがあるから、まさか跳び降りるとは思っていなかった。二人はフェンスの外へ飛び出たが、ピンの姿はどこにもない。いつもの散歩コースを「ピン、ピン」と叫びながらひと回りしたが、ピンの姿はなかった。

「家出かなあ」

亮太は力のない情けない声を出した。

「亮太があんなにかわいがっていたのだから、家出なんかせんよ。すぐに帰って来るよ」

昼間のできごとを、亮太に言うわけにはいかない。「お母さんのせいだ」などと言われたらたまらない。自分の叱り方がしきりに反省されるが、犬が人間に叱られて家出するとも思えないし、そんなに遠くへは行かないだろうから、きっと帰って来るに違いない。

「亮太に会いたくなって、すぐに帰って来るに」

「そうかなあ」

「そうやに」

裕子は自分に言い聞かせるように言った。

子どもの教育の一環として、裕子は亮太にテレビを見る時間を制限していた。見るという受け身だけの姿勢が、裕子には感心できない行為だと思われた。

代わりに、漫画は好きなだけ読ませたから、亮太の自由時間は漫画を読むか、絵を描くか、プラモデルをつくるか、ぐらいだった。しかし、今日の彼はピンの脱走が気になるのか、そのどれにも集中できていない。

漫画本を開いたまま、プラモデルの箱を横に置き、漫画を読むふりをしながら、主人公の顔にヒゲをつけたり、涙を書き加えたりして、いたずら書きをしている。何となく、いつもより静かな部屋で啓介の帰りを待っていると、ガレージに車が止まった。

亮太は首を垂れて玄関先まで出迎えに行き、

「ピンがおらんくなった」

と、啓介に告げた。

「あっそう。それは大変だ」

啓介は、意外にもあっさりとした声を出した。それには亮太のほうが驚いた。

「お父さんは平気なん。ピンがおらんくなっても」

「平気じゃない。だから、大変だね、と言っただろ」

「でも、少しも心配してへんやんか」

「亮太も心配そうでなくて、怒ってるみたいだよ」

「怒ってるさ。あんなにかわいがっとんのに家出するなんて」

「ピンが家出？」

啓介は、素っ頓狂な声を出した。裕子は、昼間からピンの姿が見えないことを啓介に説明した。もちろん洗濯物の一件は、はしょった。啓介は、やっと事態が飲み込めたとみえて、落ち着きはらって言った。

「ピンは、ガレージの植え込みの下にいるよ」

亮太は聞くより早く飛び出した。

「実は、洗濯物をダメにされて、きつく叱ったの。だから……」

終わりまで言わないうちに、亮太がピンを抱いて入ってきた。

「いたいた。帰って来てたんや」

「家出なんかするから、ピンもきまりが悪くて隠れてたんや」

啓介は裕子の気持ちも察しているのだろう、こんなときの納め方は非常にうまい。

「そうやに、亮太も家出なんかしたら、きまり悪くてガレージに隠れなきゃならんくなるからね」

「ボクがおらんときも、ガレージを捜してな」

「ガレージだけはゼッタイに捜さない。家にも入れてやらんから。ピンがおらんくなったとき、残された者がどんなに悲しい思いをして心配したか、絶対に忘れたらあかんに」

裕子はホッとしながら、いつものような大きな声で言った。ピンは家族の大切な一員であったし、ピンも自分たちと一緒にいるのが楽しいのだと三人は思い込んでいた。だから、ピンが逃げ出すのは、亮太にはわかりようのないことだったかもしれない。

これが、ピンの脱走劇の第一回目だった。

フェンスの隙間を一郎伯父に修理してもらってからは、ピンにはまた平和な庭暮らしが戻った。

稲の苗は生長して、いつの間にか力強い青田に変貌し、水面が緑一色に覆われた。庭にあるホタルブクロの蕾が膨らんだので、蛍が飛ぶのも間近いなあと思える頃、ピンと亮太が夕方の散歩に出かけた。

散歩はいつも美濃屋川沿いの道を、上流に向かって歩く。橋はいくつもかかっているから、どの橋を渡って折り返すか、そのときの気分次第である。今日の散歩は、いつもの橋を渡らずに、もっと先まで行こうと亮太は決めていた。

最初の橋のあたりで、ピンのリードをはずして自由にさせてやると、先へ走ったり後ろへ戻って追いかけてきたりして大喜びだ。

人の姿が見えるとピンを呼び寄せてリードにつなぎ、通り過ぎるとまた自由にしてやった。ピンと亮太が機嫌よく歩いていたら、空が急に黒い雲に覆われてきた。

裕子はいつもどおりに散歩に出かけた亮太を見送って、夕餉の支度にかかっていたら、急に室内が暗くなってきた。夕立でもくるのかな、と思う間もなく、すぐにザーッと大粒の雨が降ってきた。

まさか、こんな急に大雨になるとは思っていなかったので裕子は心配になり、傘を手に持って迎えに行こうとしたら、ピンがテラスで毛繕いをしているのが見えた。裕子は急いでガラス戸を開けた。

「ピン、亮太は？」

ピンはこちらを向いて嬉しそうに立ち上がり、尻尾を振って寄ってきた。ピンが亮太の手を離れ、勝手に逃げ帰って来たことは、はっきりしている。

亮太はどうしたのだろう、と心配になり、急いで出かけようとしたら、亮太が頭に両手を置いて駆け込んできた。

「ワーッ、ピンていうたらヒドイんやに、お母さん」

濡れネズミになった自分のことより、ピンの行動のほうが亮太には大ごとらしい。急いで着替えをさせる裕子に、亮太はしきりにピンの非情を訴えた。

「いつものようにリードをはずして自由に歩かせていたら、突然ピンが立ち止まって前をじっと見て前足を踏ん張ったんや。変やなあ、と思ったら、お尻をあげてウーッ、ウーッと唸りだして、ボクを残して一目散に逃げ帰ったんや。

ボクは訳がわからなくてあたりを見回したら、突然大きな雨がすごい勢いでせまってきたん。ピンはボクを置いてけぼりにして、自分だけ逃げ帰ったんや。あんなヒドイやつとは思わなんだ」

亮太にとって、日ごろから大事にしてかわいがっているピンが、自分にそんな態度をとるなんて信じられない行為だ、と思ったに違いない。

「ピンは『逃げよう！』と亮太に伝えたかっただろうけど、言葉が話せんのやから仕方ないやん」

「ボクと一緒に濡れて帰ってもいいと思わん？　忠実な犬だったら、きっとそうするやろ、なッ」

亮太の怒りはなかなか収まりそうになかった。ピンは以前から雷も嫌いだったから、遠雷を聞いただけでクィーン、クィーンと鳴いて小屋に隠れた。

「ピンはきっと自然現象に弱いんや。動物の本能は人間の何倍も優れていて、嗅覚なんかは何千倍も優れているんだってさ。だから亮太に見えない稲光が見えたか、雷の音が聞こえたか雨の匂いがしたんやに。だからきっと、恐怖が先にきて逃げ出したんさ。自分が走れば亮太も走って追いかけてくるに決まっている、と思って走り出したんさ。許してやんなよ」

亮太はシャワーを浴び、おやつを食べながら、裕子の話を聞いていたら気が楽になったらしく、ピンの悪口を言わなくなった。しかし、雨が前方から襲うように降ってくる体験は初めてだったので、その様子を裕子に身ぶり手ぶりで説明した。

水田を渡る風に稲が葉裏を見せて波打つようになり、蛍が飛びかう季節になったある日曜日。

亮太は、夕方に一人でピンの散歩に出かけた。この頃になると、民家のない土手側の道は草が伸びて歩きにくい上に蛇が出る。だから、ピンの散歩も通学路と決まっている南寄りの舗装された道を通るように亮太に言ってある。

散歩から戻った亮太は、興奮気味に裕子に報告をしにきた。

「今日は、ヘンなものに出会った」

「変なものって、蛇か何か？」

「いいや、ダックスフントの小型みたいなものが道を横切ったんや。オカアサンが先頭で三匹の子どもを後ろに連れて、ちゃんと一列に並んで歩いとった。ピンは前足を突っ張ってお尻をあげ、ウーッ、ウーッと唸ったけど、近づかなかった」

「その変なものは素早かった？」

「ううん」

亮太は首を振った。

「知らんふりで、トコトコと川の土手に向かって行った」

「きっとイタチやに、それは。たまにここでも見かけるけど、ものすごく素早い生き物なんさ。子連れだからゆっくりだったのかなあ」

「庭で見つけたら、ボクを呼んでえ。同じかどうか調べてみたい」

「わかった。でも、何かしたら大変らしいよ。ものすごい臭い屁をぶっ放すんやて。それに小さくても、鶏やウサギを捕る怖い動物みたいやに。よく知らないけど、カマイタチって子どもの頃に聞いたことがあるなー」

亮太がピンを通していろんな世界に興味を示してくるのが、裕子にはとても嬉しかった。

第三話　トミイチ

破門

亮太が三年生になると、小学校の新築工事が始まった。

明治に建てられた古い校舎が気に入っていた裕子は、少し寂しい気持ちになったが、耐震や火災のことなどを考えると喜ばなくてはならない、と自分の感傷を捨てた。

校舎が新しい姿に変わっていくのに反比例するように、ピンの犬小屋は毎日少しずつかじられて哀れな姿に変貌していった。ピンが小屋をかじらないように、肉屋さんに頼んで牛骨を分けてもらい、茹でてピンに与えたのだが、舐めたりカリカリ噛んだりして遊ぶのはほんの数日で、最後は骨を土に埋めて隠してしまう。

前足で穴を掘り、骨を埋めると鼻で土を寄せてかぶせる。だから、ピンの鼻はしょっちゅう泥で汚れていた。骨を隠し終えると、再び小屋の屋根をかじり始めるので、犬小屋はもはや雨露すらしのげないほどのボロ家になり、柱がむき出しになってしまった。

　犬小屋は屋根付きのテラスに置いてあるのだから、雨に濡れることはなく、さほどの不自由は感じないようだ。ピンはその古家が自分の寝床だと認識はしているようだが、その昔、室内で暮らしたときのことが忘れられないらしい。

　こちらが油断すると、忍者のように音もなくするりと部屋に上がり込んだ。客間や居間、寝室も南向きでテラスに面しているので、いずれかの部屋のガラス戸にほんの少しでも隙間があったりすると、前足を差し込んで戸を開け、部屋の中に入り込むとソファーの上でゆったりと身体を伸ばし、自分の前足に顎を乗せてまどろんでいる。

　裕子は寝ているピンを見下ろしながら、小声で亮太に言った。

「ピンは、よほどこのソファーが気に入っているんだね」

「そりゃ、ピンにとってはお母さんと一緒に昼寝をした思い出の場所やもん」

　啓介が言ったならカチンとくるような言葉だけど、亮太に言われると、なるほどそうかなと思ってしまう。

「思い切って、この一人掛け用のソファーをピンにプレゼントしようかなあ。かなり傷んできたし……」

「それはええかも。ピンは外にいてうちの中にいるような気分を味わえるかもしれん」

「思い立ったが吉日。さあ、亮太も手伝って」

肘掛けのついた茶色のソファーは、十分後にはテラスに移動していた。

帰宅した啓介は夕飯も終わってゆっくりとくつろいでいる頃になって、やっと部屋の変化に気がついた。

「なんだかこの部屋、広くなった感じがする」

「今頃気がついたの。ソファーがひとつ足りんやろ」

「本当だ」

「ピンのお気に入りだから、ひとつをテラスに出したん。これで家の中に入って来やんようになったら、ガラス戸を開けっ放しにして掃除ができるから嬉しいの。部屋へ入ってしまうと、追い出すのは大変なん」

「長いほうのソファーがあれば、お母さんも不便はないだろし、かえってこのほうが部屋が広くなっていいなあ」

　啓介は自分の昼寝場所のことを言っているのだ、とすぐにわかったが、悪気のない人だから本心からそう思っているのかもしれない。それに、彼に相談もせずにソファーをピンにやってしまった弱みもあるから、言い返しはできなかった。

「あなたも、テラスで風に吹かれて読書できたら素敵やろ」

「そりゃ、素晴らしい考えやなあ」

　裕子も啓介も、ピンの毛がつくことなど気にせず、テラスのソファーはけっこう利用したけれど、肝心のピンには気に入らなかったようだ。たまにはソファーの上で丸くなっている姿が見られたが、そのうちにソファーの脚をかじりだしてボロボロに壊してしまった。

　ソファーは古くなり、買い替えの時期がきていたので、裕子は惜しげもなく次の一脚も外に出した。それもまた、一年も経たないうちに食いちぎられ、最後の長いソファーも結果的にはボロボロになってしまった。

　裕子にも亮太にも、食いちぎる理由はわからなかったけれど、ピンが望んだのはソファーそのものではなく、部屋の中にあるソファーだったのかもしれない。

家の中に入ったのを家人に見つかると、外に追い出されることがわかるようになってからは、隙を狙ってこっそりと入るようになり、内緒で入ったときは、ソファーでなくピアノの下に伏せて隠れていた。

家の者が帰ったり、客が来たりして玄関の戸が開くと、ピンは脱兎のごとく外へ飛び出して行くのだから、裕子はピンを叱る気にもなれない。結局、呼び戻してなで回したりするから、ピンの悪癖も直るわけがない。何度叱られても、ピンはやはり家の中が気になって仕方がないらしい。

南側のガラス戸はすべて下がすりガラスになっているため、敷居に前足を載せて立ちあがっても中を覗けない。あるときふと気がつくと、ピンがすりガラスの上にある透明ガラスからこちらを覗いている。

裕子はギョッとして廊下へ行った。台風のときしか閉めないが、ガラス戸には雨戸がついているので、敷居の幅が十センチほどある。ピンはその敷居に四本の足を前、後ろ、前、後ろと一列に並べて乗って、張りつくようにして中を覗いていた。

さすがに、その姿勢では長続きできないらしく、ピンは少しして下へおりたが、部屋の中が気になるときは、何度もくり返す。裕子たちは、これを「ピンの曲芸」と名づけた。

ピンは曲芸のほかに、ダンスも好きだった。ピンがまだ子犬のときから、前足二本を持って立ちあがらせ、前に一歩、後ろに一歩、右に左にと手をつないだまま動く。

「ピンダンス、それピンダンス」

と歌うと、嫌がらずにリズムに合わせて動く。

「うちのピンはダンスをするよ」

と言えば、

「えっ、これがダンス？」

と言われそうだが、ピンと裕子のフォークダンスを二人？　はけっこう楽しんでいた。

この頃には洗濯物に跳びついて干し物をボロボロにするようなことはしなくなったし、裕子たちの言葉も声のトーンで理解した。声をかけると、じっとこちらを見つめて聞き耳をたてる。人さし指を斜めに立てて「さんぽ、さんぽ」と二度言えば、散歩に出るのだとわかり、ぐるぐる走り回って喜びをあらわした。

ごはんのときも、エサを入れる器を指さして「ごはん、ごはん」と言うと、じっとエサ入れの前で待っていた。ピンがいたずらをしたとき、裕子は胸の前で右腕を振って大きなバツ印を書き、「ダメ、ダメ」と二度くり返した。その合図を見ると、ピンはすぐにシュンとおとなしくなったし、合図も簡単な手話の単語のように理解した。

ピンと意思の疎通がかなりできるようになっても、脱走だけは相変わらずくり返した。脱走のたびに、針金などでフェンスを修理しても、ピンは新たな手段を考え出し、こちらがどんなに用心しても、その裏をかいて外へ出て行った。

家とブロック塀の間に細長い納屋があって、庭からの出口を塞いだ形になっている。穴掘りの得意なピンが、西側のこの細長い納屋の床下にトンネルを掘って逃げ出したときなど、叱ることを忘れてあきれ果ててしまった。

小さいときから穴掘りが好きだとはわかっていたが、これほど長い床の下に深い穴を掘るとは思ってもみなかった。相当の期間にわたってコツコツと作業を続けたに違いないが、方向を間違えたらどこかにつき当たり、迷路に入り込むのに、上手に外側に出口に見つけ出したところなど、相当な腕前だ。

まるでシャーロック・ホームズの「赤毛連盟」みたいな話である。家族の誰もが、ピンを叱るよりも、その執念と利口さに感心をしたものだった。最初は亮太が半泣きで心配したピンの脱走も、ピンの癖なのだと思ってしまえば、あまり驚かなくなった。

時には朝帰りもあったが、大体は夕方か夜には帰って来るとわかっているので、お腹が空けば帰って来るだろう、と放っておく余裕もこちらにできた。脱走すると、フェンスの扉を開けておいて、帰宅すると勝手に庭に入れるようにしておいた。

ピンの隠れ場所であるピアノは、もともと裕子が持っていた古い物で、裕子は亮太を幼児のときから音楽教室に通わせた。

ピアノがあったからではなく、亮太を音楽家にしたいなどと考えたのでもなく、幼児の頃に身につくと言われている絶対音感を身につけさせたかったからだ。音楽教室ではリズムを感じながら歌ったり、楽器をたたいたり、簡単なピアノ曲を弾いたりした。

亮太は嫌がりもせず裕子と一緒に通ったが、音楽教室がそれほど好きではなかった。

音楽教室に通うために単車の免許をとった裕子の背中にくっついて出かけ、音楽教室が終わると買い物をしたり、本屋に寄り道するのが楽しみのようだった。

二年経って音楽教室を卒業するとき、先生はエレクトーンかピアノへ進級することを勧めたが、リズムを身体で表現することを亮太が嫌がらなかったので、もう一年音楽教室に在籍することを希望した。

結局、三年の間、音楽教室に在籍し、小学生になって先生が変わったときから、本格的にピアノを習うことになった。

裕子は、せっかく身についた亮太の音楽感覚を無駄にしたくなかったし、生きていく上で音楽を楽しめれば、人生が少しは豊かなものになるだろう、と思った。

『ビルマの竪琴』を読んだときに、音楽が人間に与える力の凄さに感動をしたことを、裕子は昨日のことのように思い出す。亮太もピアノへ進むことを嫌がりはしなかったから、彼の希望でもあると勝手に考えていた。

裕子はもともと何事でも先を深く考えて行動するタイプではなく、場当たり的に行動する大雑把な性格だったので失敗も多かった。あとから考えてみると、亮太にピアノを習わせるときも、亮太がピアノを弾いたら素敵だなー、と思った程度だったのかもしれない。

啓介はクラシックが好きだったし、亮太の教育を裕子に安心して任せていたから音楽教室へ通うことについても反対はしなかった。教室への送迎だけが目的で、二人乗りできる自動二輪車の免許を取るときも、安全運転に関する注意をしただけだった。

三歳半頃から始めた音楽も、ピンが家族に加わる頃には、亮太はバイエルなどというおもしろくも楽しくもない楽譜を弾いていた。毎日まじめに練習してはいたが、楽しんでいる様子ではなかった。

学校のテストの点がどんなに悪くても、文句を言ったことのない裕子だが、亮太のピアノには厳しかった。家での練習をサボる亮太の太ももを、手形が残るほど激しくぶったこともあった。

亮太はさぞかし痛かったと思うが、裕子の心も同じ痛みを感じた。それでも、習いごとをひとかどのものにしようと思ったら、辛い苦しい時期を乗り越えないとモノにならないし、月謝がもったいない、と思っていた。

ぐずぐずと泣き出す亮太の声を聞くと、ピンは必ず吼えるでもなく鳴くでもない、妙に悲しい声をたてた。ピアノは居間の隅で庭に近い場所に置いてあったから、亮太が弾き始めると、ピンはピアノに一番近い場所に陣取って、ガラス戸越しに庭でピアノを聞いていたのだ。

そんなことが続くようになったある日、裕子は突然疑問を感じた。こんな練習を続けていたら親子の関係がおかしくなってしまう。この頃にはバイエルを卒業して、さらに難しい曲に挑戦していたが、こんなに嫌がって苦痛を感じながら練習を続け、亮太が音楽嫌いになってしまったら本末転倒ではないか。

「ピアノ、もうやめようか」

裕子がそう聞いたとき、亮太は嬉しそうに力強くうなずき、躊躇なく、

「うん、やめる」

と、答えた。亮太は、それほどピアノの練習が苦痛だったのだ。裕子はその月から亮太のピアノをやめさせた。

「せっかく習いごとの習慣が身についたのだから、ピアノの代わりに何か習いに行っ

たらどう？」

「そうやな。ボクは何でもいいよ」

本当は、この一言で亮太の気持ちを察してやらねばならなかったのだが、裕子は気がつかなかった。彼の本心は習いごとをするより、ピンや明たちと外を駆けずり回って遊びたかったに違いない。

「字が上手に書けたら、バカでも賢そうに見えるって昔から言うから、習字はどう」

「習字？　ウン、それでいい」

亮太はいとも簡単に了解したが、それはピアノをやめる嬉しさがそう言わせたのに違いない。なぜなら、習字に通いだして一年も経たないうちに、先生から破門を言い渡されたのだ。

暮れの挨拶に伺った習字の先生宅で、裕子は意外な話を聞かされた。

「あのう、誠に言いにくいのですが、亮太君は本気で習字に通う気があるのでしょうかねえ」

「習字に行くのを嫌がったことなど一度もないし、自分から喜んで通っているし、書くことは大好きだと私は思っています。字や絵を描くのがとても好きな子ですから」

「毎回、犬を連れて来られるのはご存知ですよね」

「ええ。それが何か」

「亮太君が練習している間、玄関に繋いであるのですが、人が通ると犬が吠え続けるんですよ。だから、亮太君は手早く書いて終わりにしたい一心なのです。それだけならいいのですが、まじめに書いている子どもの気が散るから困るって、親御さんから苦情がくるのです」

「それは申しわけないことをしました。明日から犬の同伴はやめさせます」

「お友達がご一緒に来るのはご存知ですか」

「友達？」

「ええ、ときどきお友達が二人ついて来て、外の通りでキャッチボールしながら、亮太君が習字を終えて帰るのを待っているのです。それがまた騒がしいので……」

裕子にも、やっと先生の言いたい本心がわかった。

「わかりました。習字は亮太に向かなかったのかもしれません。本当にご迷惑をかけてすみませんでした。ありがとうございました」

家に帰る道すがら、裕子は何となくおかしくて大笑いをしたい気分だった。弟分の犬を連れて、お供の友達を二人も外で待たせて習字教室に行くなんて、そりゃ、破門になって当たり前だ。

「お習字の先生のところへご挨拶に行ったら、亮太は破門だって言われちゃった。亮太が来ると騒々しくて迷惑らしいから、習字は今年で終わりにしように」

亮太に破門の意味がわかったかどうかは疑問だが、身に覚えがあるのだから、すぐに納得したらしく、

「うん、そうしよう」

と言った。裕子が亮太を抱きしめてクスクス笑うと、亮太も肩を揺らして笑いだした。二人で大笑いをしたらすっきりした気分になって、破門などという暗いイメージはどこかへ飛んでいってしまった。

ピンの彼氏

　もともと裕子は世間一般の教育ママとは少し異なって、勉強や学校のテスト類にはまったく甘かったが、家庭教育は自分の責任と考えていた。特に、食事には裕子なりの強い思い入れがあった。

「あなたの仕事が忙しいのはよくわかっているけどさ、一週間に数日だけでも家族みんなそろって一緒に夕飯を食べたいんさ」

「僕も、本当はそうしたい」

「食事が終わってからまた出かけてもええから、そうしてもらえやん？　そして朝ごはんは、どんなに眠くても三人そろって食べてほしいん」

　家庭の日々のさりげない生活習慣と家族のあり方こそが、小学生の子どもにとって一番大切な教育だと信じていたからだ。

啓介はいつも家族を大切にしたいと言っていたから、裕子の食事に関する取り決めは、仕事上少し無理もあったが受け入れてくれた。おかげで、週に二日は家族そろって夕餉を楽しんだ。

裕子が家庭教育の一環として決めたもうひとつは、亮太を早寝させることだった。亮太が幼い頃は文字どおり三食昼寝付きの生活をしていたわけだが、それには少しの言い訳があった。

裕子は学生時代から読書が好きで、夜遅くまで起きていて、夜になると何となく元気が出る夜型の暮らしがすでに身についてしまっていた。そして、結婚してからも、啓介は友人を呼んで自宅で夜遅くまでお酒を飲んでたわいない議論をするのが好きだったから、寝るのが遅くなる暮らしが亮太が生まれるまで続いた。

大勢の食事の支度やあと片付けをした翌日は、身体のほうから昼寝を要求してくる。亮太の幼い間はそれでよかったが、彼が三歳のとき、自分の生活習慣を改めることにした。ラジオでシンナーを吸う子どもについての討論を聞いたからだ。

話の前後は忘れたが、

「統計的に、夜早く寝る子どもにシンナーを吸う子どもはひとりもいない」という言葉だけは耳に残った。裕子は「子育ては、これだ」と思った。少々勉強ができなくてもいい。少々悪ガキであってもいい。だけど、シンナーだけは嫌だと思った。当時、シンナーを吸う子どもたちが多くて社会問題になっていた。

それ以来、亮太を午後八時に寝させることに決めた。そうなると当然、亮太の起床は早くなり、六時前には起きてくる。起きた亮太をひとりで放っておくわけにもいかず、結果的に裕子も一緒に早起きをすることになってしまった。

啓介の帰宅は相変わらず遅いので、睡眠の不足分は昼寝で補うことになって、毎日二、三時間の午睡は当然の成り行きとなった。

ピンが家族に加わってからは、亮太とピンが一緒に前の道を川に沿ってさかのぼり最初の橋を渡って川土手に出て、ぐるりと一周する約十五分の散歩コースが朝の日課になったから、裕子はその間に朝食の支度をした。

早起き生活のリズムは、ピンも協力してくれたと言える。

姉の幸子は、犬の毛が抜けて衣類につくのが汚い、と言って、ピンの身体に触れてかわいがることはあまりしなかった。細菌の付着に注意する看護師としてのプロ意識なのか、裕子ほど犬が好きではなかったのかもしれないが、それでもピンは幸子が来るのを喜んで待っていた。

なぜなら、幸子は裕子の家に着くと真っ先に冷蔵庫を開けて、ビーフジャーキーのおやつをピンに与えるからだ。ピンは幸子がくれるおやつの量が誰よりも多いことを知っていたから、足音だけで幸子を聞き分け、尻尾を振りながら彼女が来るのを待っていた。

幸子は自分が来るのを喜んで待っているピンを見て、

「ピンは、私のことが好きなんやなあ」

と、まんざらでもない様子だったが、ピンが待っていたのは幸子なのか、それともビーフジャーキーなのかはわからないなあ、と裕子は思っていた。

オス犬が道を通ったときも、嫌いな犬には吠え続けるので、裕子はピンが年頃の娘に成長していることを忘れていた。そんなピンに、彼氏ならぬ彼犬ができたのは、ピンが来て二度目の梅雨入り前であった。

ガラス越しに庭を見ていた亮太が、

「ピンがトミイチと仲よくしてる」

と、台所へ駆け込んで来た。

「トミイチって誰？」

「ほら、テレビによく出てくるトミイチ」

「テレビに出るような有名人が、このあたりにいたかなあー」

「見たらわかるから来て」

亮太に呼ばれるまま庭に出た裕子は、思わず叫んだ。

「トミイチだ」

「な、トミイチやろ」

フェンスの向こうには、八時二十分の形に伸びた眉毛が垂れ目を覆っている毛足の長い茶色の犬が、ピンと鼻を突き合わせてじっとしていた。亮太がその犬をトミイチと呼んだのは、眉毛が犬の目を隠すほど長かったし、少し顔が長く、頬のこけた感じが時の総理大臣村山富市氏にそっくりだったからだ。

テリア系のトミイチは少し鼻が長く、純血なのか雑種なのかはわからないが、首輪をしているから、どこかの飼い犬なのは間違いない。どことなく上品な感じがした。

「ピンがこんなにおとなしいのだから、このままそっとしておこうか」

裕子にはトミイチが雄であることがすぐにわかったから、二匹を無理やり離す気にはなれなかった。

「トミイチもきっと脱走してきたんやに、そのうちに帰るやろ」

亮太は、フェンス越しに舐め合っている二匹を珍しげに眺めていた。

しかし、雨が降って雷が鳴っても、トミイチはその場を離れようとはしなかった。

ピンは雷が大嫌いだから、今までは稲光やゴロゴロを聞くと怖がって吠えたのに、二匹は雷雨に打たれながらもフェンス越しに身を寄せ合っていた。

裕子は、帰宅した啓介に相談をした。

「ピンに彼氏が会いに来てるんやけど、どうしたらええ？」

「どうするって、フェンス越しの愛は実らんだろ」

「それはそうだけど。ピンもお年頃なんよ、きっと」

「お年頃、か」

啓介は傘をさしてトミイチを見に行ったが、戻ってくるなり、

「ピンとトミイチは好き合っている。なんとかしてやらねば」

と、言った。

啓介は情にもろいから、返事の予想はついていたが、そうなるとつい逆らってみたくなるのが裕子の悪い癖だった。

「ピンは器量よしなのに、相手があんなブスではかわいそうだと思わない？」

「雄やで、顔なんて関係ない」

まじめ顔になってトミイチをかばう啓介に向かって、

「女なら、顔が関係するわけ？」

と、裕子はからみ始めた。いつの間にか雄に対して雌ではなく、女という表現に変わっているのだが、まじめな啓介はそれに気がつかない。

「いや、そんなつもりで言ったんじゃない。君はとても綺麗だし」

啓介は、よほどあわてたのか、また言わずもがなの科白を言ってしまった。

「心にもない嘘を言って。私に『綺麗だね』なんて言ったことあった？」

「なかった？」

「あることはある。でも私が『綺麗？』と請求しなければ言わんでしょ」

「遅いとだめか？」

「手遅れは、どんな名医にも治せへん」

「わかった。綺麗という言葉が予防医学の一種だとよくわかった」

どこまでが本気で、どこからが冗談なのか判別のつかない両親の会話に慣れている亮太は、二人のやりとりに一区切りがつくと口を挟んだ。

「トミイチはどうなるん」

「あのままでは気の毒だから、フェンスの中に入れてやったらどう」

啓介は、裕子の同意を求めるように言った。

「お父さんがそう言うなら、そうしようか」

「うん」

亮太は嬉しそうに笑った。

トミイチは、三日ほどピンと一緒に暮らした。互いの身体を舐め合い、鼻を寄せては内緒話をしている。

裕子が入れた多めのエサは、二匹が左右から分け合って仲よく食べた。裕子のつくるエサは、味噌汁の残りに竹輪やはんぺんを入れたり、魚のアラで煮汁をつくり、ごはんを加えたものが多かったが、トミイチもピンと同じ物を仲よく食べた。

さすがのピンも、この間だけは脱走することなく、トミイチとの蜜月を楽しんでいるようであった。しかし、このままトミイチを飼うわけにもいかないのだから、四日目にもなると心配になってきた。

「亮太、そろそろトミイチを帰してやろか」

「こんなに仲よしなのに」

亮太は不服そうである。

「だって、トミイチにも家族がいたら、みんなが心配してるに」

「また、来るかなあ」

「ピンみたいに脱走常習犯になって、また来るに」

「そうだとええのになあ」

亮太は、自分からフェンスを開けてトミイチを放してやった。トミイチは一度も振り返らずに、ゆっくりゆっくりと帰って行き、二度と現れなかったが、ピンは彼の子どもを宿していた。

五匹の子犬

そして、ピンは五匹の子犬を産んだ。

ピンに似た白が二匹と、トミイチに似た茶色が三匹いたが、その茶色の中に全体に少し毛足の長いのが一匹いた。まだ目の見えない五匹が団子のように固まってうごめいているのを、ピンは鼻で上手に転ばせて、それぞれを綺麗に舐め回した。

その頃には、小屋はぼろぼろで使いものにならなかったので、大きめの段ボールに毛布を敷いて、育児部屋としてテラスの隅に置いた。裕子と亮太は、ピンのお腹に五匹がひしめくように並んでお乳を飲む様子を、毎日飽きずに眺めて楽しんでいた。

小さい前足を乳房の上に乗せて押し出しながら飲む子もいて、亮太が赤子だった頃を思い出し、人間の赤ちゃんと同じしぐさをするのだなあ、と妙に感心したりした。

全身を舐め回してかいがいしく子犬の世話をしているピンは、とても幸せそうに動き回っている。

そんな様子を見ていると、トミイチと数日一緒に生活させて、ピンを母親にしたことがよい選択だったと思うことができ、そのあとに何が起こるのかなど考えもしなかった。

五匹が少し大きくなると、ピンは一匹ずつコンクリートから地面に鼻で押しやって用を足すことを教え込んだ。五匹の子犬たちは上になったり下になったりして絡み合い、動き回り、また睦み合って、見飽きることがなかった。

明や直也も、子犬の様子を見に毎日のようにやって来る。ピンが捨てられていたときから今日までのすべてを知っているから、まるで自分ちの子犬のように触りたがるのも無理はない。

しかし、子犬が明たちに抱きあげられると、ピンは跳びあがって取り返そうとするので、子どもが怪我でもしないかと気が気ではない。抱くのをやめて足元に置くまで彼等の足に跳びついたりした。

裕子や亮太が抱いてなでまわすのは、下から見上げるだけで安心していたから、当たり前とはいえ、完全に信頼していたのだろう。

子犬たちはまだ母乳だけで育っていたが、動き回るようになったので、泥やウンチが身体について汚れてきた。

それでもピンは順番に舐め回すので、どの子犬も清潔だった。家族全員がその成長を見守りながら、幼いしぐさや姿や動きに夢中になっていた。

楽しい日々に頭から水をぶっかけられたような思いをしたのは、幸子が来たときだった。幸子はいつものように多めのビーフジャーキーをピンに与えながら、裕子のほうを振り返った。

「この子たち、もらい手は決まったん？」

「もらい手？　大変や、このままでは我が家の犬は六匹になってしまう」

「だから言うたやろ。避妊手術を受けやなあかんと」

「だって、メスなんやから一度くらいは産ませてやりたい、と思たん。トミイチと大恋愛をしていたし」

言い訳をしたが、実は幸子の忠告をすっかり忘れていたのだ。

「大恋愛てか。あんたたちと同じにしたらあかんよ。ピンは人間と違うて、犬なんやから」

裕子には返す言葉がなかった。

それから、子犬たちのもらい手探しに奔走する日々が始まった。

友達の友達、そのまた知り合いと、芋づるをたぐるようにして、やっと白い二匹はもらわれていったが、茶色の三匹は残ってしまった。

「犬もやっぱり美顔やないとだめなんやな」

「顔が原因ではないやろう。急がなくても、そのうちに決まるさ」

啓介は前回の失言にこりたのか、犬の顔については言葉少なだ。そのうちに、と言われても、当てもなく待つわけにはいかない。子犬たちはエサを食べるようになったので、確実に日々大きくなっていた。

裕子は友人の情報をもとに、隣町にある大型スーパーのペットショップへ持って行くことにした。

普通車の免許を取って日の浅い運転技術で、片道三十分もかけてペットショップへ行くのは大変な労働だったが、三匹の未来がかかっているのだから仕方がない。

毎日五百円支払って『欲しい人に、無料でさしあげます』と書かれたケージの中に入れさせてもらい、日暮れには再び引き取りに行くのだ。

一週間通って、やっと二匹はもらわれていったが、トミイチ似の毛足が少し長い、茶色の犬が一匹だけ残ってしまった。

疲れ果てた裕子の姿を見た店員は、言いにくそうに、

「ここまで大きくなると、もうもらってくれる人はいないと思うので、あきらめたほうがいいですよ」

と言った。

犬を求める人は何人もやって来るが、誰もが小さい犬を選んでいく。小さいほうが何倍もかわいく見えるのは現実だから、店員の言う冷たい言葉は、疲れている裕子を労る善意からだろう。

しかし、あきらめよとは、明日から預からないと断られたのと同じだ。もうもらい手探しは無駄だということだが、がっかりした反面、犬の送迎から解放されるという

安堵感も味わった。

一匹を抱いて疲れた顔をして帰宅した裕子を見て、亮太は少し悲しそうな顔をした。亮太は自分がピンを拾ってきたことが今回の原因だと、多少の心の痛みを感じていたようだ。

「お母さん、仕方がないから公園へ捨ててこようか」

と、うつむきながら小さな声で言った。亮太が言ったと思えない言葉に、裕子は思わず大声を出した。

「ピンを拾ってきたとき、亮太はなんて言ったん。このままじゃ死んじゃう、と言ったやろ。今捨てたら死んじゃうじゃない、そんなことできるん？　それに、犬を捨ててはいけないという決まりもあるんやに」

「だって、お母さんが困っているのを見るのは嫌やもん。それに、このチビはピンのときより大きくなっているから、ひとりで生きてゆけるやろ」

亮太が自らすすんで子犬を捨てるなんてことを望むわけがない。それを一番よくわかっているはずなのに、大声を出してしまった裕子は、思わず亮太の顔を抱きかかえて自分の顔を亮太の頭に置いた。

「お父さんに相談して、うちで飼うことにしようか。うちで生まれた犬やもん」

亮太は、裕子の顔の下で小さくうなずいた。

啓介は裕子が毎朝犬を遠くのスーパーまで連れて行くのを知っていたから、最後は家で飼う覚悟をしていたようだ。少しの反対もしないで、

「犬の名前を決めよう」

と、言った。

ピンの名前を決めるときにもひと悶着あったけれど、今回もかなりもめた。亮太は子どもらしく「ハナコ」とか「姫ちゃん」と、かわいい呼び名を希望した。

まだ名前がついていないときにピンと区別するために、チビと呼んでいたので「チビ」という名も候補に挙がった。それにイチャモンをつけたのは啓介だ。

「ピンには一番の名前をつけたのだから、今度も一番でなくてはかわいそうだ。イチにしよう」

「イチなんて、犬の名前らしくないから嫌だ」

「そうよ、イチなんて変やわ。それに呼びにくいし」

裕子と亮太はそろって反対をしたが、啓介は譲ろうとしない。

「雌なのにイチじゃかわいそうだよ、お父さん」

イチという命名にまだ抵抗をする亮太と、イチという名にこだわる啓介を見ていた裕子の変わり身は早かった。

「信長の妹のお市の方の名前をもらったと思えばいいかも。絶世の美人だった人の名前と同じなら不足はないし。それにトミイチの子どもだからイチでもいいかなあ」

啓介は譲らないで、

「いや、一番のイチだ」

と、まだ自分のこだわりを力説する。また始まった両親のいつものやりとりを、亮太は一言でさえぎった。

「わかった、イチに決めよう」

こうして茶色の少し顔の長い雌犬に、イチと名前がついた。

正式名はイチだったが、裕子は当初その子犬を「チビチビ」とか、ビを取って

「チィー」とか呼んでいたが、すぐにイチと呼ばれるようになった。
チビという名が似合わないほど太ってしまったのだ。

第四話　ピンの子育て

反面教師

ピンは五匹の子犬を産んだが、自分の手元に残ったのはイチだけだった。

最初は五匹いたのが、いつの間にか一匹になってしまったことを、ピンはピンなりにわかっていたのだと思う。

それが原因なのか、もともとピンの母性本能が強かったのかはわからないが、ピンはイチを異常とも思えるほどかわいがった。ピンの乳房は五匹分の乳を出していたのだから、一匹で飲むには多すぎる量なのに、ピンはイチの欲しがるままに乳を与えた。いくつかあるピンのふっくらと膨らんだ乳房は、すべてがイチ専用になったのだから、イチは一日のほとんどを寝るか飲むかで過ごした。五匹分の乳を一匹で飲んだのだから、当たり前だが、イチはみるみる太りだした。

授乳が終わるとピンはイチを抱きかかえたり、コロコロ転がしながら、身体中を舐めたりした。ピンの舌がどうにかなりはしないかと心配するくらいに、イチの顔や身体を舐めるのだ。

　お尻から前のほうに至るまで、あらゆる場所を舐めてくれるのだから、イチはピンにされるままドテッと身体を横たえ、甘えていればよかった。愛娘を舐め回すピンも、母を独り占めして舐められるイチも、その時間は至福の時のように見えた。

　イチが少し大きくなると、排泄の時間を見計らって、ピンはイチを庭へ誘導した。動きたがらないイチを「クォーン、クォーン」と鼻で押しやって庭へ出し、用を足す場所を教え込んだ。

　排便が終わると、再びピンはイチを舐め続け、イチはされるままにおとなしくしているか、乳首をくわえているかの日々が続いた。この時期、ピンは脱走も家の中に入り込むこともせず、イチにかかりきりだった。

　イチは、ヨチヨチと歩けるようになると、ピンのエサのところまで行き、鼻を皿に近づけた。イチの動きを見ていたピンは素早くエサ皿へ走り、歯を剥いて激しく怒り、イチに一口も食べさせようとしない。

部屋の中からその様子を見ていた裕子は、ピンはなんと欲の深い犬だろう、と思った。今まで充分にエサを与えて、ひもじい思いなどさせたことはないのに、イチが少々のエサを食べるくらい許してやってもいいではないか。

裕子には、ピンの行為がとても奇妙に見えたが、それには理由があったようだ。イチがある程度成長すると、ピンはイチより先にエサを食べなくなり、イチが食べ終わるまで、見守るようにじっとそばに座っていた。

人間でいう離乳食の時期がくるまで、イチにエサを与えないよう注意していたのだ。ピン自身は親犬に育てられた記憶がないのに、こんなに育児に熱心なピンの様子を見ていると、これが動物の本能なのかと感動すら覚える。

イチはエサをたらふく食べ、食後に乳を吸う暮らしをしているのだから、ますます太り、まるでデブの見本のように太ってしまった。ピンの真似をして穴を掘るとか、動く物を追いかけるとか、遊び回ることはほとんどせず、ただピンのあとを追っていた。

二匹の散歩は、朝はピンにリードをつけ、イチを抱いて出た。ピンが小さかった頃も、亮太はピンを胸に抱えて散歩に行ったのだから、イチも同じようにかわいがりたいのだろう。

　夕方の散歩はピンだけにして、出産前と同じように遠出をしたり、人気のないところでリードをはずしたりして自由に遊ばせた。ピンは自分の時間のすべてをイチのために使っていたから、夕方の散歩だけは子育てから解放してやりたかった。

　イチが少し大きくなると、イチにもリードをつけ、夕方の散歩にも連れて行くようになった。ピンのあとからヨタヨタと身体を揺すって歩くイチは、道行く人が振り返るほどかわいい姿をしていた。

　裕子は育児方針として、大きく二つのことを心に決めていた。

　ひとつは、子どもを肥満児にしないことだった。裕子は自分自身が太りやすいタイプで、いつもやや肥満ぎみだったため、太ることに敏感だ。ある本を読んで、人間の持つ多くの細胞のひとつに脂肪細胞というものがあり、太る体質の人は普通の人に比べて脂肪細胞の数が多い、と知った。

それ以来、脂肪細胞の存在にとても興味を持っていた。胎児が胎内で栄養を摂りすぎると、脂肪細胞の多い赤子として生まれてくる。そして、乳児期にミルクを飲みすぎると、脂肪細胞はどんどん増えていく。

思春期になって過食をしたり、カロリーの高い食品を好んで食べたりして栄養を摂りすぎると、脂肪細胞はますます増える。脂肪細胞は胎児期、乳児期、思春期という三つの時期に特に増える。

増えた脂肪細胞は、脂肪を体内にたくわえようとする働きをするので、どんどん肥満になる。太る体質と言われる人は、このような理由で太ってしまい、一度肥満になってからは、体重を減らすことが困難になってしまう、ということだった。

イチを見ていると、脂肪細胞が増えた結果を見ているようだ。生後八ヶ月も経つと、イチは腹が地に擦るほど太ってしまった。

ピンとイチを散歩に連れて行くと、行きかう人も子どもたちもイチのことを「かわいい、かわいい」と言ってはくれる。太りすぎだからヨチヨチ歩きしかできないし、父親のトミイチに似て毛足が長いから、見た目にはかわいく見える。

でも、裕子の眼から見れば、それは育児の失敗としか映らない。肥満のために身体の動きが鈍くなり、小さな溝も恐がって越えられないし、側溝を覆う格子状の蓋の上さえ、歩いて渡れないのだ。

ピンには、イチを過保護にした意識はないだろう。生まれてすぐに捨てられ、母親にかわいがられた記憶のないピンが、イチを宝物のように大切に扱ったのは、彼女の本能だったと思う。

人間は、二十歳を過ぎないとその結果はわからないが、犬は六ケ月から一年くらいで成犬になってしまう。ピンの子育ては裕子にとって反面教師的で、超過保護と甘やかしの育児見本だった。

裕子の二つ目の育児方針は、いじめられっ子にはしたくない、というものだ。

いじめっ子は、いじめられた者の悲しみや苦しみを理解するまで教え込んで、本来の人間が持っているやさしさと思いやりを気づかせてやれば立ち直ることができる。

しかし、いじめられる側になってしまった子は、そこから抜け出すことはなかなかできない。それは、いじめられる本人が悪いわけではないし、なぜ自分がいじめられるのかわかりにくい場合が多いからだ。

亮太はひとりっ子だし、啓介に似て気持ちがやさしくて攻撃的にはなれない性格をしているから、いじめっ子になる心配は少なかった。最も恐れたのは、亮太がいじめられっ子になってしまうことだった。

裕子の知らない世界で亮太がいじめられて一人で苦しむ姿は、想像するだけでも耐えられない。裕子は亮太に言い聞かせた。

「もし、わざと鉛筆の芯を折られたり、意地悪で消しゴムを取られたりしたら、なんとしてでも取り返しておいで。消しゴムを返してくれなかったら闘いな。もし、負けそうになったら、相手に噛みついてもいいから闘いな。

相手の腕にかぶりついて食いちぎっても、お母さんは怒らないから。亮太の腕がへし折られても、お母さんは我慢するから闘いな。そうしないと、亮太はいじめられっ子になるよ。

そして、同じ人を二度、相手にするのはやめなさいね。二度目からは、闘う迫力で睨みつけるだけにしな。二度も同じことをするのはバカだし、乱暴者だと言われて終わりだからね」

「ウン、わかった。ボクの消しゴムは、ちゃんとあるから心配せんでもええに」

亮太の返事を聞いたくらいでは、いじめの心配はなくならなかった。一般的に言えば、親がいじめの実態を知るのは容易なことではない。子どもはなかなか本当のことを親に言えない、と聞いていた。

亮太がどこまで自分の言っていることを理解できているのか、また万一、そういう事態に出遭っても、闘いを実行できるかどうかわからない。もし、亮太が実行して大怪我をしようものなら、その責任は闘いを勧めた自分にあると裕子は覚悟している。

それでも、いじめられっ子として生きるよりはましだ、という信念だけは失わなかった。子ども時代にいじめられっ子を経験した者は、実社会に出てもやはりいじめられる役割を担ってしまう場合が多い。

いつの時代にも、人間社会にはいじめがあったし、差別もあった。内容が変わっても、それらがなくなるとは思えない。亮太をいじめられっ子にしないため、また、いじめの早期発見のために、裕子は毎晩筆箱を点検した。

筆箱の中に異常はないか、ノートは破られていないか、教科書に落書きをされていないか、この三点に異変が起こったら、それはいじめられっ子になり始めたサインだと、子育ての先輩から聞いていた。

これらの安全をすべて確認できたからと言って、防備が万全というわけではないが、ひとつの目安になると考えている。

裕子は、亮太がいじめられっ子にならないように、と祈りを込めて、毎日五本の鉛筆を削った。

啓介は仕事が忙しくて、育児のほとんどを裕子に任せていた。裕子は先輩やラジオ、いろいろな本から子育ての情報を集め、そこから自分にできそうなことを実行しながら、自分が教育ママであることを自認していた。

親が責任を持って子どもを教育するのは当たり前だと思っていたが、ピンの子育てを見て、本能のままに無条件で子どもをかわいがることは、子どもにとっては不幸だと、さらに強く感じていた。

亮太に対して、かなり厳しいときもあった。子どもの意思を尊重するのは大事だが、経験も知識も浅い子どもの意見より、親が正しいと判断した教育方針を貫くほうが大切だと考えた。

裕子自身、このやり方に間違いはないと言い切る自信はなかったが、子育てが思いどおりに成功しても、万一失敗しても、我が家流を貫くのが親の責任だと思っていた。だから、日常の細かいことも自分の方針を貫いた。

たとえば、鉛筆について亮太が文句を言ったことがあった。

「友達の鉛筆は鉛筆削りで削ってあるのに、ボクのだけがナイフでガタガタに削ってある。鉛筆削りのほうがスマートできれいや。鉛筆削りが欲しい」

亮太の要求はささやかなものだったが、裕子は有無を言わさずきつくはねつけた。

「ダメ。お母さんの削った鉛筆で上等、あんなモンへ鉛筆を差しこんでごらん。ジャージャージャーといっている間に、鉛筆は削られてなくなってしまうに。お父さんが毎晩遅くまで働いたお金で買った鉛筆だから、無駄な使い方をしてはダメ」

まさか「鉛筆であなたの日常をチェックしているのです」と言うわけにもいかなかったが、電動の鉛筆削り機が嫌いだったことも事実だ。

五年生になったとき、やっと手動の鉛筆削りとカッターナイフを買い与えて、鉛筆削りの役目を終えた。

そのうち、亮太はテレビゲーム機を欲しがった。

「ファミコン買って」

「だめ、買わへん。もし、うちにファミコンがあれば、そればかりするに決まっているから、目も頭も悪くなる」

「直也も剛も持っているのに。持ってないのはボクだけやに」

「嘘をついたらあかん。明君は持ってないやろ。明君のお母さんが言うとったに」

亮太は返事をしないでうつむいた。

「いい考えを思いついた。直也君ちか剛君ちでやらせてもらうのはどう」

亮太は、両腕を脇に固めて身体を揺すり、

「いやだ。うちでファミコンしたい」

「それなら、直也君ちの子どもにしてもらったらどう。お母さんが頼んであげるよ。

『どうぞ直也君ちの子どもにしてやってください。そして、ファミコンをさしてやってください』って、言えばいいやろ」

「いやだ、お母さんの子がいい」

「お母さんだって、亮太のお母さんでいたい。亮太が一番、世界中で一番、宇宙の中で一番」

裕子は、亮太が苦しがるほど強く抱きしめた。

「わかったよ。ファミコンはもういい」

ファミコンはあきらめたが、ときどきはわがままな要求をした。

「あっそう。亮太は甘やかされてアホイチになりたいんやな。我慢のない子になってイチになりたいんやなア。亮太を甘えさせて育てたら、お母さんが生きている間はいいけれど、ひとりになったら生きてゆけなくなるよ。それだけじゃなくて、自分の子どもを育てることもできんに」

「イチは嫌や」

「そうやろう。お母さんだって、亮太の欲しい物を買って、亮太の喜ぶ顔を見るのは大好きだけど、そんなことしていたらイチみたいになる。亮太のためにならんと思うよ」

　イチのことを喩えにあげると、亮太は何となく無口になった。子どもの亮太にもわかるほど、イチは自立できない犬になっていた。子どもなりに、わがままを貫いてイチのようになるのはゴメンだ、と考えていたようだ。

作戦の大勝利

そうは言っても、亮太の要求をなんでもかんでも否定したわけではなく、プラモデルや本は吟味して買い与えた。漫画本は許さない、という親たちもいたが、裕子は漫画本にも抵抗はなかった。

子ども時代に読んだ手塚治虫の漫画が自分に大きな影響を与え、とてもよい思い出として心に残っていたからかもしれない。

想像力と知恵は、話して聞かせることも大切だが、本から学ぶほうが計り知れないほどたくさんのことを学べる、と自分の経験から信じていた。たとえそれが漫画本でも、読めば想像力が養われると思っていた。

厳しくすると、亮太の欲求不満が心の底にたまりはしないかという心配は拭いきれなかったが、自分の子育て方針を説明しても理解は無理だから、裕子は子どもにも理解できるように、簡単な言葉で自分の気持ちを話した。

「子どもはねえ、一番は元気に遊ぶこと。二番には学校を休まないこと。三番はお手伝いをすることが大切。ついでに言うと、お父さんの仕事は、どんなに帰りが遅くなっても働くこと。お母さんの仕事は、家族のために一生懸命ごはんをつくったり、洗濯したり、お掃除したりして、家族を世話すること。亮太の仕事は学校へ行くこと。わかった？」

「お手伝いって、ボクは何をすればいい？」

「玄関掃きと風呂掃除」

「どちらの仕事も、小さい頃からしてるやんか」

亮太の言うとおり、玄関の掃除は小学校入学と同時に彼の仕事になった。風呂掃除は、三年生のときから始めさせた。

「そうやった。もうひとつ増やそうか」

「ボクは学校へ行くのが仕事なんやろ。もう二つもお手伝いしてるから遠慮しとく」

「親子に遠慮なんかいらないよ」

「いや、ボクは遠慮します」

「あっそうだ、お茶碗洗いはどう？　やってみると意外におもしろいに」

「いやあ、学校へ行く仕事がけっこう忙しいですから、やめておきます」

亮太が珍しく標準語を使ったので、裕子は吹き出しそうになった。

「残念やなあ、せっかくいいお手伝いが見つかったのに」

「お母さんの仕事をとったら悪いからネ」

「いやあ、お母さんは助かるけどなあ」

亮太の口もなかなか達者になったものだ、と裕子はこらえきれずに笑ってしまった。

亮太が朝の犬の散歩から帰って、親子三人そろって朝食をするまでに少し時間に余裕があったので、その時間を利用して復習に徹した簡単なドリルを毎朝二十分ほどさせた。

二学期になると一学期に学んだドリルを、二年生になると一年生用のドリルをくり返しさせた。亮太にしてみればむずかしい勉強ではなくて、学校で習った復習であるから嫌がりはしなかったが、間違うこともよくあった。

そんなときは、亮太が理解するまで丁寧に訂正をして、確実に覚えるまでくり返して復習した。

「学校でよい成績を取ることよりも、本当の学力を身につけるようにしないと、社会に出てから通用しないよ。大好きなプラモデルだって、説明書の意味がわからないとつくれへんやろ」

うなずく亮太に、

「小学校を卒業するまでに、小学校で勉強したことを完全に覚えればいいのだから、急がなくてもいいんやに。勉強はなるべく学校ですませて、あとは自分のしたいことをして、しっかり遊んだらいいんやから」

「ボク、次に買って欲しいプラモデル、もう決めてあるんだけどなア」

「へーっ、そう」

「自分のしたいことして、しっかり遊びたいな、と思ってさあ」

裕子は、思わず吹き出しそうになるのを我慢した。亮太のペースにのってしまったことはよくわかっているが、彼の話の運び方に一本とられた気分だ。

「次のお給料日まで待ってエ。連れてってあげるから」

「うん、わかった。ありがとう」

成り行きで、またプラモデルを買う約束をしてしまったが、裕子の心はとてもさわやかだった。

子どもの教育に関しては、自分独自の考えがあったから、それを実行するのみだったが、ピン親子のことは黙って見ているより他仕方なかった。

親子は、この先もずっとこのフェンスに囲まれた空間の中で、一生安全に暮らせていけると思っているのだろうか。人間のように、親が先にいなくなっても、一人で生きてゆけるようにと、子どもを仕込む知恵はピンにはまったくなかった。

野生動物は、子どもが成長して自分でエサをとれるようになれば、親子の別れをする場合が多い。裕子から見れば涙するような厳しい別れをして、子どもを独り立ちさせるのだ。

ピンはとても賢い犬だったけれど、イチを産んでからは、ただ子どもをかわいがるだけの母親になってしまった。子どもを産む前のピンは、庭中を駆け回るいたずら好きの犬だった。

干してある洗濯物を泥んこにしたり、虫でも探すつもりなのか、前足で穴を掘って草花を台なしにしたりして、裕子にたびたび叱られた。叱られている間は頭を垂れておとなしくしているが、小言が終わるとみるや、尻尾を振って鼻を鳴らし、愛嬌をふりまく。

それがかわいくて憎めなかったが、ピンはそこのところを心得て悪さをしているのかもしれない、と思えるほどいたずら遊びが好きだった。庭で履くサンダルも、時間をかけて少しずつ食いちぎった。

噛まれると困るので、ガラス戸の内側に箱を置いて片付けるようにしたが、面倒なのでつい入れ忘れてしまうと、翌朝にはもう歯型がついてどこかが噛み切られている。

「そんなにサンダルが好きなら、僕の古い靴をピンのおもちゃにあげよう」

啓介は自分の古靴を外に出したが、ピンの好みでなかったのか、見向きもしない。靴は外に置いても無事だとわかったので、裕子は庭履きに啓介の古靴を利用した。

大きな靴の中で小さな足がずるずると動いて、履き心地はとても悪かったが、そのつどサンダルの出し入れをすることを思えば、まだそのほうが楽だ。

「僕の靴は、お母さんのサンダルになったのか」

「靴にとっても、食いちぎられるより二度目のご奉公のほうがいいと思わん？」

「そりゃ、そうだ。僕のオサガリで申し訳ないな」

「オサガリなんて、とんでもない。私はオアガリだと思って履いているんやで気にせんといて」

「そうか、僕が捨てる靴も、お母さんが履くと出世するのか」

「廃物利用でなくリメイクです。おまけにアヒルみたいで楽しいのよ」

啓介は、小さな声で、

「ヘエー、アヒルか」

と、つぶやいた。

ピンはイチを産んで母親になってからは、遊びにほとんど関心を示さなくなった。

裕子たちもピンにしてやったように、イチとボール遊びをしたり、いたずらができるように手助けをするようなことはなかった。

裕子はずーっと後になって、ピンに任せっぱなしで、手抜きしてイチを放置したのは間違いだった、と深く反省した。

だから、イチも亮太たちと遊ぶ楽しみを知らずに、ピンに自分の身体を舐めさせておとなしくしていた。

いつものことだが、ピンは子どもが道を通るときは、嬉しそうにピンなりの挨拶をしていたし、嫌な犬や嫌いな人が通ると、フェンスまで走って行って吠えた。そのときは、イチもピンのあとからヨタヨタついて行き、同じように吠えたてた。あとは一日中飽きもせずにイチの身体を舐め続け、イチが欲しがるエサは、自分が食べないでイチに食べさせた。

イチが乳を飲んでいる間、ピンも脱走しなかったので、母親になって落ち着いたのかな、と思っていたら、イチが六ヶ月を過ぎる頃に再び脱走が始まった。

脱走の方法は二通りあった。

誰かがフェンスの扉を閉め忘れたりしたら出て行くのは当たり前だが、扉を開閉するわずかなスキを狙って素早く飛び出した。近くにピンがいないからといって安心はできない。音でわかるのだろうか、扉が開くとどこからともなく急に姿を現し、脱兎のごとく出て行った。

もうひとつは、居間の戸に隙間があれば素知らぬ顔で室内に入り込み、忍者のようにピアノの下やソファーの陰に隠れて潜む方法だった。

室内にピンがいるとは知らずに玄関の戸を開けると、素早く飛び出して行くのだ。その技は、敵ながらあっぱれと言いたくなるほど手際がよかった。でも、イチには敷居を跳び越えて室内に入る機敏さはないので、前足を縁にあげて「クォーン、クォーン」と吠えるだけだった。

ピンは、脱走のチャンスがきたら、イチのことなどまったくお構いなしに飛び出した。母親に捨て置かれたイチは、しばらく悲しげに鳴いたが、すぐにあきらめてドテッと重い身体を横たえた。

ピンは外に出て自由の身になると、ご近所の犬たちを順番に巡って、律儀に挨拶をする癖があった。

「あら、あなたは鎖で繋がれているから、外へ出られないのね」

「この塀くらい、跳び越えられないの、ダメねえ」

とでも言いながら、自由な散歩をしているのだろうか。各家の犬を相手に、ワンワンとひと吠えするのを欠かさない。

相手の犬もピンの挨拶に怒っているのか、ワンワンと鳴き叫んで相手をするから、犬の吠える声が近くから遠くへと移っていくのが、室内にいてもはっきりと聞こえる。それで、ピンが移動する道筋を憶測できた。

そんなことが二度、三度と続いたとき、裕子はハタと気がついた。イチも外に出したら、ピンがすぐに帰るのではないだろうか、と。

その日から、ピンが脱走したとわかった瞬間、

「イチ、ピンに続け」

と、イチも外に出した。鎖もつけずに犬が近所を走り回ったら苦情がくるから、少しでも早くピンを家へ戻さなくてはならない。亮太と手分けしてピンを捜しに行くより、イチを外へ出すのが手っとり早いのではないだろうかと思った。

この作戦は、大当たりだった。外に出たイチはノロノロと付近をうろつき回り、母

親を捜して「クワーン、クワーン」と鳴き、ヨタヨタと身体を揺すりながら追いかけた。ピンはその鳴き声を聞きつけると、十分もしないうちにイチを連れ、トボトボと帰ってくるようになった。

自分では何もできないイチを、ひとりで外に放っておくのは、ピンの目にも危険だと映るらしい。イチを連れての外歩きはピンも自信がなかったのだ。

ピンとイチでは動き方も違うし、行動範囲も異なっていたから、ピンは自由を望んだのだろうが、自分の持つ母性には勝てなかった。裕子はそれを逆手に取って、ピンの脱走防止に利用したのだ。

イチを引き連れ、トボトボと戻ってきたピンを見て、裕子は大笑いした。

「ピンはエライ。過保護に育ててイチをダメ犬にしてしまったけれど、母親の責任はとっている。アンタはエライ。本当にエライ！」

裕子は、戦いに勝利を収めた大将軍の気分だった。上機嫌で、丘の上にいる中山みっちゃんにこの話を報告した。ピンは脱走すると、必ずみっちゃん宅の犬にも挨拶に行ったので、それに気づいたみっちゃんは、すぐに連絡をくれ協力をしてくれていた。

「ピンの脱走癖に、私の作戦が大勝利したのよ」

「へえーッ。どうやって？」

裕子はことの次第を話した。

「そんな有効な方法があったのね」

犬好きの二人は、犬の話になるとつい長電話になった。

ヤクザイシ

イチはいつまでたっても、ピンの赤ちゃんから抜け出すことができず、ピンがいなければオロオロするばかりだった。それでも、ピンが吠えると一緒になって吠えたし、救急車や消防車が通ると、ピンと同じように変な鳴き方を真似して合唱した。

しかし、イチの動きは鈍重で、ピンがしたような悪戯もせず、庭を駆け回ることもせず、自分の身体すら自分で思うように動かせないでいた。臭いをかぎ回ったり、穴を掘ったりする犬特有の行動さえしなかった。

亮太は、イチをピンと同じようにかわいがったが、亮太にまとわりついたり跳びついたりするのも、肥満のイチには容易な動作ではなかった。

イチには、動物の本能らしいものも感じられず、野生の動物が親と別れて自立するのは、その本能を失わないためだろうか、と思った。

啓介は教育に無関心ではなかったが、当時の父親の多くが仕事人間であったように、彼も仕事が忙しくて亮太に接する時間がとても少なかった。けれど、子どもに対するやさしさだけは十二分に持ち合わせていたので、亮太を叱ることもなく、二十点とか三十点のテストを持ち帰っても、そのテスト用紙を惚れ惚れと眺めながら、

「亮太はよくできるねえ」

と誉めた。

裕子は、亮太が元気に通学していれば、テストの成績など少しも気にならないが、啓介の誉め言葉には納得がいかない。

「あなたねえ、うちの子の成績は悪いんよ。二十点を見て『よくできるねえ』なんていい加減なこと言わないで。誉めたいんなら『よくがんばったな』と言ってやって」

啓介はすまなそうに言い訳をした。

「僕が亮太くらいのとき、二十点すらとれんかったからなあ。だから、亮太はよくできる、と思って言っただけなんだけど、いけなかったかなあ」

さすがの裕子も、これには返す言葉がなかった。そばで聞いていた亮太は、少し

困った顔をして、

「ボクは、よくできない子なの？」

と聞いたときには、もっと驚いてしまった。

「あったりまえよ。亮太はよくできない子よ。よくできる子というのは、八十点とか九十点をとる子のことをいうの。亮太はもう少し、授業中に先生のお話をまじめに聞きなさい！」

裕子は、怒るときはなぜか標準語になる。裕子は亮太の成績が悪いのは承知しているが、だからといってバカだとは思っていない。物事の理解も早いし、善悪の判断も自分でできる。相手の心も読み取ることのできる、素晴らしい長所のある子だと思っている。

しかし、授業中の勉強はしっかりできていないな、とは感じていた。通知表をもらう面談の日、担任の教師は通信簿を裕子の前に広げて言った。

「お母さん、勉強だけが大事ではないことは私も同感です。でも、このままでは亮太君の脳は腐ってしまいます。やればできる子ですから、この通知表では残念ですね」

脳が腐るとは、あんまりな言い方だ。

「勉強ができないくらいで、脳は腐ったりしません」

と言い返したかったが、何も言わずに帰ってきた。亮太の成績が悪いのは、教師のせいではない。勉強をしない本人と、成績を重要視しない親の責任だ、とわかっていた。だからといって、裕子はよい成績を取ることに熱心にはなりたくなかった。

亮太はこの頃、野球に熱心だった。

啓介は、子どもの頃から運動はまったくダメだったから、野球に興味を持たないだけでなく、キャッチボールすら満足にできなかった。それでも、亮太に野球のルールを教えてもらい、本を読む時間を削って一緒にテレビ観戦をするようになっていた。

父子の繋がりを大事にしたい啓介の気持ちの表れだろう。ところが、早く寝るのが我が家の規則だったから、亮太はプロ野球の試合結果がわかる前に寝なくてはならない。亮太にも言い分があったが、言ったところで、

「あなたは、イチになりたいのね」

と言われるのがオチであることぐらい、彼もわかっていた。亮太は時間が来るとテ

レビを消してさっさと寝たが、翌朝の新聞は一番先に読むようになった。

昨夜の試合結果が、写真入りで事細かに載っているのを丁寧に読んだ。小学生だから読めない漢字が多いし、書かれていることの半分も理解できなかったと思うが、彼は毎朝欠かさず新聞を読み、読む紙面も多くなっていった。

成績が悪くても、新聞が読めたら脳が腐るわけがない。裕子は、やはりテストの出来などや成績には寛大だった。


亮太が四年生の頃、実家の用事で裕子が一晩家を空けることになった。

「夕食は、お父さんと一緒に好きなものを食べに行ってな」

と、亮太に言い、

「仕事に没頭して、早く帰るのを忘れたりせんといて」

と、啓介には釘をさしておいたので、安心して夜に家へ電話を入れた。

「今日は、何を食べに行ったん？」

「行かんかった」

「お父さんの帰りが遅かったん？」

「ボクが、自分でお料理したんや」

「食べに行くように言ったのに」

「今日、学校でカレーのつくり方を勉強したから復習したん。お母さんが、復習は大切だといつも言っていたやろ」

「材料はどうしたん？」

「冷蔵庫にお肉があったし、カレー粉も見つけた」

冷蔵庫に肉などあったかな、と一瞬不審に思ったが、犬用に買い置いたスジ肉があることを思い出した。ピンは味噌汁の残りにスジ肉を少し入れて、ごはんにかけてもらうのが大好物なのだ。

そのために、味噌汁はいつも多めにつくったし、スジ肉も切らしたことはない。しかし、食べてしまってからその事実を言っても仕方がないから、裕子は黙っていた。

「お肉、硬くなかった？」

「学校のより少し硬かったかな」

「で、野菜は？」

「そんなもの、入れんかったさ。カレーの粉をこねてかき回してできあがり。復習だから簡単にできた」

「簡単か。で、お父さんはそのカレーを食べたん？」

「上手にできたから、お父さんは『おいしい、おいしい』って、おかわりしたんや。お母さんの分も残しておかないとって、ボクが注意したんやに」

「そう、よかったなあ」

本当に美味しかったのかどうか裕子にはわからないが、二人がおいしく食べたならそれで充分。たまには留守にするのも、父子の交流のためにはいいらしい。裕子はゆったりした気持ちで、

「ピンたちには、ドッグフードをやってね」

と言って、受話器を置いた。

亮太が四年生にもなると、啓介は自分が亮太とかかわる機会が少ないことを気にし始めた。夏休みに旅行をしたり、テレビの野球観戦と下手なキャッチボールをする程

度のかかわりだけでなく、もっと継続的にできる何かをしたい、と言い出した。

「何か、父子で継続的にできるものはないかなあ」

「そうねえ、何がいいかなあ。あなたと亮太が一緒に楽しめるものを見つけるのはむつかしいかも」

それは無理な探しもののように裕子には思えたのだが、啓介はまじめ顔で頭をひねっている。しばらくして、

「『論語』なら、僕にも教えることができる」

と、啓介が言った。今の時代に論語など、と口まで出かかった言葉を、裕子は飲み込んだ。啓介がやっとのことで考えだした提案を、否定するわけにはいかない。きっと嫌そうな顔をしているだろうな、と思いながら亮太の顔を見ると、予想に反して、

「いいよ」

と素直に返事をして、にこりと笑った。亮太は論語が何かもわからずに、父と一緒に何かをすることを喜んでいるふうに見えた。こうして週に一回の論語講義が父子で始まった。

その頃は、亮太の部屋はまだ彼の個室として使われていなくて、学習机は食堂の横にあったため、論語講義は南に面した和室の客間を使った。

ピンは、啓介と亮太の朗読の声が聞こえてくると、和室の縁側下に入り込み、一緒に論語を聞いていた。

「友あり、遠方よりきたる。また楽しからずや」

むずかしい表現も、亮太の声で聞くとなんだか楽しげに聞こえるから不思議だ。

啓介も論語を教えるというかしこまった態度でなく、二人で楽しく遊んでいる様子だった。ピアノの練習のときとは違って、怒り声や叱る声は一度も聞こえなかったし、時には、二人の笑い声が聞こえたりして、隣の部屋にいる裕子はとても幸せな気分になった。

「お父さんとの論語勉強は楽しそうやなあ」

「ロンゴなんて、何がなんだかさっぱりわからないから嫌なんだけど、お父さんが『やろう、やろう』って言うんや。お父さんが楽しいのなら、まっいいか、と思ってやってるさ」

どちらが子どもなのかわからない物言いだったが、裕子の耳には心地よい返事だった。こんなわけのわからない論語講義が、意外と長く続いた。父子の触れあいタイムとして、お互いが大切に感じていた時間だったのかもしれない。

二人の勉強にピンも加わりたかったのだろうか、ピンは窓にへばりついて眺めていたり、縁側の下で聞いたりしていた。そんなときも、イチは居間の縁の下でドテッと横になって、知らん顔をしているだけだった。

論語は、ピンにとっても「また楽しからずや」の時間だったようだ。


ピンが子育てに夢中になっていたので、亮太とピンの関係が少々希薄になったし、亮太自身の行動範囲が広くなったので、ピンと亮太の会話は以前より少なくなっていた。そんなある日、庭先からピンの名前を呼ぶ亮太の声が聞こえてきた。

学校から帰宅して家に入るより先にピンを呼ぶときは、一刻も早く報告したい大きな出来事があったに決まっている。案の定、ランドセルを置くと素早く手を洗い、形だけのうがいをすませて、亮太はピンの待つところへ急いだ。戸を開け、ピンの両前

足を握って立たせながら、

「ピン、今日ね、漢字のテストがあったんやけど、ボクはきっと満点だと思う。すっごくむつかしい字が書けたんやから」

そういえば、今日は漢字のテストがあるとか言っていたなー、と裕子は思い出した。子どもは元気が一番、ましてや小学生の間は遊ぶことが勉強だと思っていたから、成績や勉強にはあまりうるさいことを言わなかったが、「満点だ」と言う亮太の自信に、ふと関心を持った。

満点は、亮太とほとんど無縁の世界だったからだ。亮太の膝に前足をかけて尻尾を振っているピンのおやつもお盆に載せて、裕子は彼等の近くに座った。

「どんなむつかしい字が書けたん」

亮太は、裕子の焼いたチョコクッキーに手を伸ばしながら、

「ヤクザイシっていう漢字さ、お母さん。ボクね、その問題を見たときにヤッターと思ったんや。あんなむつかしい字をボクは知っていたんやから」

「偉いねー。そんなむつかしい漢字を覚えていたの」

「その本はテレビの横に置いてあったから、ボクは知っとる」

裕子は、亮太の返事を聞いて何となく嫌な予感がした。薬剤師に関する本など、テレビの近くには置いていなかったからだ。

「へーっ。その本で薬剤師という漢字を覚えたわけ」

「そうやに。お母さんも知ってるやろ、キョクドウと書いてヤクザと読むことを」

「それはゴクドウって読むんさ。ヤクザとも言うけど……」

亮太の得意げに話す内容を聞いて、裕子はヤクザイシという漢字が書かれた亮太のテストが見えたような気がした。

テレビの横に置いてあったのは『塀の中の懲りない面々』という小説で、本のオビに極道という字があって「ヤクザ」とカナがふってあった。亮太が見て覚えたという漢字は、それに違いない。

「そんなこと、ちゃんと知ってるわさ。極道という漢字をヤクザと読めるのは、きっとボクのクラスではボクだけやに。みんなはよう読まんかったもん」

「そのむつかしい漢字を、お母さんに書いて見せてよ」

裕子は自分の手の平を亮太の前に差し出した。

亮太は人差し指を使って「極道医師」と書き、

「これでヤクザイシと読むんだよな」

と、得意気に言った。予想できたとはいえ、裕子には返す言葉がなくて、叱るより感心している自分に苦笑した。

戻ってきたテストは、いつものように五十点にも満たなかったが、極道医師にはバツ印ではなく感嘆符が二個もついていた。

後日談だが、亮太が高校生になったとき、漢文の授業にこの論語講義が大いに役立ったらしい。

第五話　オオカミが来た！

野良犬

今の家を建てたときに、新築祝いに八重咲きの紅梅を、啓介の知人からもらった。南に面するフェンスと、西側のブロック塀との角に植えられたその梅は、十数年も経つと軒を越えるほどの高さになった。

梅の木が若いときは、ブロック塀とフェンスの隙間からよくピンが脱走した。脱走するたびに修理するのだが、ピンはこちらの知恵に対抗するかのように、再び根気よく壊して脱走した。

まるでイタチごっこだったが、近頃では紅梅の幹も太くなり、フェンスとの隙間が狭くなったので、そこからの脱走は不可能な状態になっていた。

そのブロック塀とフェンスの隙間を跳び越えて、野良犬が入り込んだのは、亮太が中学生になった春の夕刻だった。

台所にいた裕子の耳に、亮太の「ぎゃー」という悲鳴に近い声が聞こえた。

「お母さん、助けて。オオカミが来た！」

「エエッ！　オオカミ？」

裕子は夕飯の支度をしている最中だったが、亮太の叫び声が耳に届くと包丁を手に持ったまま、声のする庭へ走りだした。走っている途中にも、亮太が早口で何か緊急事態を訴えている声が聞こえてくる。裕子が裸足のまま庭に飛び出すと、

「ピンが殺される」

と、亮太が叫んでいる。

見ると、すごい勢いで逃げまどうピンを、茶褐色の大きな犬が追いかけ回していたが、あっという間に背中にのしかかり、ピンを押さえ込んだ。イチはただオロオロとピンを遠巻きにして、低い唸り声をあげている。

亮太が室内へ走り込んだかと思うと、すぐにバットを持って戻り、それを振り回して野良犬に殴りかかろうとした。二匹の犬は団子状になったまま、庭の中を駆け巡っている。

裕子は、犬の騒ぎよりも亮太の動きに驚いて、包丁を持った手でフェンスの扉のほうを指した。

「やめて、やめて！　そんなことしたら亮太が噛まれる。扉を開けてオオカミを外に出しなさい！」

三匹の犬がいる庭の様子を見れば、裕子には事のすべてが理解できた。庭に放たれている二匹のメス犬を目当てに、乱暴なオス犬が襲ってきたのだ。

見るからに大柄で凶暴そうなその犬の種類はわからないが、体型からして洋種の混じった雑種で、首輪もなく、毛並みもひどく悪いところを見ると野良犬だろう。近所で見かけたことはないから、たまたま通りすがりにピンたちを見つけたに違いない。

病気を持っているかもしれない犬に、亮太が噛みつかれでもしたら大変なことになるが、こんな状況で野良犬をどうにかすることは無理だ。野良犬の侵入してきた理由はわかっているのだから、目的が達成されれば出て行くだろうと予想はついた。

裕子にとって、野良犬から亮太を守ることが先決だ。亮太はすぐにフェンスの扉を開け放したが、まだバットを振り回している。そうしていれば、野良犬が亮太を襲うことはないだろうから、裕子はホッと一息ついた。

なんとか逃げようとするピンに、野良犬がのしかかったまま、二匹はひとつの塊になって転げるように外へ飛び出して行った。イチにこの事態が理解できたとは思えないが、母親が外へ出たのを目にすると、いつものようにピンのあとを追ってヨタヨタと外へ出た。

二人もイチについて外に出ると、二匹の姿はもうどこにもなかった。イチは道の真ん中で左右に首を振ってピンを捜すそぶりをしたが、すぐに散歩コースの方向へ歩き出した。

ピンが脱走したときにイチを外に出すのは、少しでも早く二匹を帰宅させる大当たり作戦だったから、イチを出しておけばピンも早く帰って来るだろう、と思った。ピンは動きが鈍くて無防備なイチに気がつくと、イチを連れて帰るより仕方がない。

母親として、自分の楽しみよりも子どもの安全のほうが大事なのは、犬も人間も同じなのだ。二人は、ピンが間もなくイチを連れて帰って来ることに少しの疑いも持たず、イチの後ろ姿を見送っていた。

三匹がいなくなり静かになった庭で、裕子と亮太は茫然と立ちすくんだ。あたりは何事もなかったかのように、静かな春の夕闇がせまっていたが、裕子の胸の動悸はまだ治まらず、ドックンドックンと大きく波打っている。隣で亮太がぽつりと言った。

「あれはオオカミだ」

「うん。オオカミや」

と、裕子も相づちを打った。

現在の日本の住宅街に、オオカミなどいようはずのないことはわかっている。それでも、オオカミと言いたくなるほど、その野良犬は狂暴だった。

「凄い目でこっちを睨んだよ。あの大きな歯でピンを噛んだりせんかなあ」

「大丈夫。ピンを噛むために入ってきたんじゃないし、オオカミはもうここには来ないと思うよ」

「ほんと?」

「ほんと。でも、亮太が噛まれんでよかった。あのオオカミは、ピンは噛まんけど亮太には噛みつくかもしれんよ。あの様子じゃ、予防注射もしてないに決まってるから、噛まれたら亮太が狂犬病になるかもしれへん」

「オオカミは、どこから入ってきたんやろ」

二人は探偵気分になって、庭の塀にそってぐるりと歩いた。

亮太は足を止めて、「ここや」と、一ヶ所を指さした。ブロック塀や生垣のあるフェンスは、道路から跳び越えることは不可能だが、ピンが脱走のときに使うブロックとフェンスの継ぎ目は、道路からよじ登って入り込めそうだ。

「そうやな、きっとここや。一郎伯父さんに頼んで、何とかしてもらわなあかん」

原因を突き止めた二人は、互いに顔を見合わせた。一件落着の気分で、裕子は亮太の肩を抱いて家に入った。

三匹が飛び出してから、亮太は心配で何も手につかない様子で、ボーッとテレビを見ていた。いつもなら、二匹はすぐに戻ってくるのだが、今日は時間が経つのがとても長く感じられた。

開け放したフェンスの扉に二匹が姿を見せたのは、出て行ってから一時間あまりも経ってからだった。イチのヨタヨタ歩きはいつものことだが、今日はピンまでが疲れた様子でイチのあとから入ってきた。

　いち早く二匹の姿を見つけた亮太は、大声を出して迎え入れた。

「お帰り。ピンもイチも大丈夫か。どこも噛まれへんだか？」

　亮太は両手で二匹の頭や身体をなで回し、怪我をしているのではないか、と全身を確かめた。いつもなら亮太にじゃれて跳びついたり、顔を舐め回したりするピンの動きは見られず、見るからに疲れ切っていた。

　テラスでピンがダラリと横になると、イチがドタリと寄り添った。

　夜になり、啓介の帰宅をまだかまだかと待ち構えていた亮太は、顔を見るなり背広の袖をつかんで、今日の出来事をすごい勢いで話し始めた。

「お父さん、今日オオカミが来たんさ」

「オオカミ？」

　不審そうな顔をする啓介に、裕子が説明を加える。

「亮太、お父さんにはオオカミみたいな犬って言わな、わからへんに」

「うん。でも、あれを犬とは言いたくない」

亮太にしては、珍しく感情的に言った。

「そんな恐ろしげな犬が、何をしにきたんや？」

「何って、ピンを襲って来たんやんか。ボクはびっくりして、すぐにお母さんを呼んでさあ……」

「すっごく大きなオスだったたんやに。私なんか、危うく包丁を落としそうになったんやから」

「なんでいきなり包丁が出てくるのか、わからん話やなあ」

亮太が、あのときの興奮を思い出したかのように話し出した。

「ボクがさあ、そろそろ散歩の時間やなあと思っていたら、庭でピンとイチが騒ぎ出したん。また気に入らない近所の犬が来たんやな、と軽く考えていたら、ピンが急にキャンキャンと変な鳴き声を出したので庭を見たら、もうオオカミがうちの庭に入っとったん」

「私はごはんの支度をしていたんやけど、亮太の叫び声に包丁を持ったまま裸足で飛び出したんさ」

「危ないなあ。お母さんの足に包丁が落ちたらどうなることか」

「あなたネエ、亮太のあの声を聞いたら誰だって無我夢中になるわよ」

「わかった。それでどうした？」

「それから逃げるピンをオオカミがつかまえて馬乗りになったまま、二匹とも団子になって外へ飛び出して行った」

「そうか、オオカミはオスだったのか」

「オスなら、トミイチみたいに仲よくすればいいのに、ピンはなんで本気で怒ったんやろ」

裕子は、中学生になった亮太に性教育をする時期がきたんだな、と感じた。

「人間も犬も、動物はすべてオスとメスがいて、子どもが生まれるんさ。お父さんとお母さんが結婚して亮太が生まれた。ピンとトミイチが結婚してイチが生まれた。でも、ピンはオオカミと結婚したくなくて逃げ出したんやと思う」

裕子はオスとメスの身体の仕組みが違うことや、ピンでも嫌いな相手とは結婚したくないことなどを話して聞かせた。

「お父さんは、トミイチやったんかア」

「そう、お父さんは私のトミイチ。亮太の父親になる人だから、しっかり吟味してお父さんに決めたんさ。もっとハンサムもお金持ちもいたけどさ、亮太のお父さんになってもらうにはあかんと思ったんやに」

「僕がトミイチなら、こんな顔していなくてはいかんかな」

啓介は、眉毛を両手で八時二十分に垂らしておどけてみせた。

「お父さんは、なんでお母さんに決めたん？」

「それは、亮太が一番よく知っているんやないかな」

「なんで？」

「亮太は、お母さんが大好きやろ？　お父さんも一緒や」

「ふーん」

啓介の言葉に、裕子はおかしさと少しの後ろめたさを感じた。純粋に「好きな相手と結婚をした」と言い切る啓介に比べて、自分は少し打算があったような気がしたからだ。が、啓介だって亮太に本心を言っているかどうかわからない、と思い直した。

「まだまだ先の話だけど、亮太が結婚したい人ができたときは、自分の子どものお母さんになってくれる人なんや、ってことを忘れないようにしてな」

自分の結婚観が正しいという自信はなかったが、裕子はそう言わずにはいられなかった。啓介は結婚に対して違う意見をもっているかもしれないし、男女の身体の違いも男親が説明したほうがいいと考えた。

「身体の仕組みなんか、もっとお父さんに聞いてみたら？　お父さん、あとはお願い。私はごはんつくらなあかんから」

食卓で話し込んでいる二人の声が、夕餉の支度をしている裕子の耳に、笑い声と一緒に聞こえてきた。

親子喧嘩

亮太が中学生になった頃、裕子は時間に少し余裕ができたので、カルチャーセンターへジャズダンスを習いに行ったり、碁会所へ出かけたりした。

亮太も学校の帰りが遅くなったし、塾もあったりして忙しくなり、以前ほどピンとイチにかかわれなくなった。朝晩の散歩は亮太の日課だが、都合の悪いときは裕子が代行していた。

ピンがたまに脱走騒ぎを起こす以外は、二匹は互いに寄り添って平和な日々を送っていた。

桜も散り、田んぼが青田に姿を変えた頃、ピンのお腹がほんのわずか膨らんできた。オオカミが目的を達成していたことはわかっていたのだから、ピンの妊娠について裕子はもっと配慮をすべきだった。

本当は、イチを産んだあとに避妊手術をするべきだったが、後悔先に立たず。いまさらどうすることもできない、と考えた裕子は、前回の経験を思い出し、赤ん坊が生まれる前から犬のもらい手探しを始めた。

三、四匹のもらい手は決まったし、生まれた子犬の顔を見てから決める、と言ってくれた人もいたので、もし四匹以上生まれても何とかなるめどもついた。

出産時期が近づいたので、段ボール箱と古い毛布を準備した。

幸子から、捨てるバスタオルなどがあるから取りに来て、という連絡を受けたので裕子は昨日のカレーの残りとサラダを持って出かけた。亮太が先に帰宅してもいいように、行き先を書いて机上に置くのはいつものとおりだ。

久しぶりに姉の幸子宅を訪れた裕子が世間話に花を咲かせていたら、亮太が突然慌ただしい声で電話をかけてきた。

「すぐに帰って来て。ピンとイチが大喧嘩を始めて大変だ」

「なんで?」

「なんでかわからんけど、すぐ来て」

今までの暮らしから推測すれば、ピンとイチが喧嘩するはずがない。何かとんでもないことが起こったに違いない。幸子が出してくれた伊勢名物の利休饅頭も食べずに飛び出そうとしたら、幸子がチラシ紙に包んだ饅頭を持って追いかけてきた。

「これ、持って行きな。落とさんとな」

「うん、ありがとう」

車をバックに入れて急発進させると、助手席に置いた包みがほどけて利休饅頭がコロコロと下に落ちた。

裕子が駆けつけると、ピンとイチが歯をむき出して唸り声をあげ、互いに睨み合っていた。あんなに仲のいい親子に何が起こったのか、裕子には見当もつかない。

庭の真ん中に立っている亮太の腰に二匹が跳びついて、何かを奪おうとするのを見て、裕子は初めて亮太が両手の中に何かを持っているのを知った。

「何それ」

亮太は両手を高く上げて、ピンの跳びつくのを防いでいる。

「赤ちゃんみたい。でも、もう死んでるかもしれない」

「何が起こったん？」

ピンがしきりに亮太に跳びついて、手の中のものを奪おうとするので、爪でひっかかれでもしたら大変なことになる。裕子は、亮太の手の中にあるものを受け取った。鶏の卵より少し大きめのそれは、生まれたばかりで臍の緒がついたままの子犬だった。

「ボクが学校から帰ったら、庭でピンとイチが歯をむいて大喧嘩しとったん。それで、お母さんに電話をしたん。二匹がこの赤ん坊を取り合いしていたんさ。これを取り上げるのは気持ち悪くて嫌だったけど、このままでは危ないと思って……」

興奮状態の亮太が、勢い込んでことのあらましを話した。裕子は、亮太に説明した。

「オオカミの子が生まれたんや」

「オオカミ？」

「オオカミが来たときに、ピンは襲われたやろ」

「ピンの赤ん坊を、どうしてイチが欲しがるん？」

亮太の言葉を聞いて、裕子はやっと何が起こったのかを正確に理解できた。あの日、オオカミはピンを襲ったあと、ヨタヨタついてきたイチも襲ったに違いない。その結果、二匹は同時に子を孕んだのだ。

イチはもともと地に腹がするような太り方をしていたので、イチの妊娠にはまったく気がつかなかった。

考えてみれば、オオカミがイチを襲わずにいるはずがなかった。なんとうかつだったか。あのときイチにピンのあとを追わせた自分の不注意を、裕子は呪いたくなった。「大当たり作戦」も、使い方を間違えるとひどいことになる。犬は妊娠から六十三日後に出産すると聞いていたから、同日に妊娠したピンとイチは、出産日が同じであっても不思議ではない。

「この赤ん坊は、ピンかイチか、どっちかが産んだ子や。どっちの子やろか？」

「産んだほうが知ってると思うけど、おかしいなア」

「ピンとイチに聞いても返事しやへんから、わからん」

そんな詮索よりも、歯をむき出しにして唸り声をあげ、睨み合っているピンとイチを引き離すほうが先だ。

イチを裏の小屋に入れ、戸を閉めた。イチはどこへも逃げ出さないとわかっていたが、今日は特別に戸を閉めた。産室も一つでは足りない。裕子は二匹を引き離してから、赤ん坊をとりあえず安全な場所へ移して、イチのいる小屋の中で産室の支度にとりかかった。

あり合わせの段ボール箱を置き、ピンのために準備した毛布を二つに切って両方の箱に敷くと、幸子からもらったばかりのバスタオルをその上に重ね、二ヶ所の産室をつくった。ピンは二度目の出産だから、前回と同じ場所に段ボール箱を置いた。

同じ日に襲われた二匹の出産日が同じなのは当然のことながら、生まれた子犬を自分の赤ん坊だと、身体を張って奪い合った母娘のどちらかは、まだ出産していないはずである。

だから、その争いが裕子には理解できなかった。うっかり者の裕子が、もっと早く二匹の妊娠に気がついて、二ヶ所の産室を準備していたとしても、ピンとイチが赤ん坊を取り合うことまでは予想できなかっただろう。

それより、もっと思慮深い者なら、ピンのあとなど追わせなかった。結果として、最初に生まれた子犬は死んでしまった。死んだ赤子の前にしゃがんで、じっと見つめていた亮太が、そばにいる裕子を見上げて言った。

「この赤ちゃん、どうするん？」

「どうしようかなあ。もう死んじゃったんやし、しょうがないから新聞紙に包んで生ゴミの日に出そうか」

そう言いながら腰をかがめて覗き込んだ裕子が、身体のバランスを崩すほどの勢いで、亮太が突然立ち上がった。

「嫌や、嫌や。そんなことをしたらかわいそうや」

言い終えると同時に、亮太の目から涙があふれだし、ワアワアと泣き始めた。中学生になってからは家族の前で涙を見せたことのない亮太が、声をあげて泣くのを見て、裕子のほうが驚いた。

深く考えることもないまま、フッと思いついたことを口にしただけだったが、やはり配慮が足りなかったようだ。

「ごめん、ごめん。お母さんが悪かった。このコはピンかイチの赤ちゃんだから、死んじゃったけど、うちの家族やったんや」

亮太は何も言わずに、泣きじゃくっている。

「そうや、お墓をつくってやろう。家の庭に埋めるのは好きじゃないから、長谷山に埋めてあげよう。どう？」

亮太は、涙を浮かべた顔で「うん」とだけ言って、大きくうなずいた。

裕子は、取り置いてあった花形の小さな菓子箱にペーパータオルを敷いて、死んだ子犬を入れ、その周囲を庭の隅に咲き残っていた金魚草やチューリップなどで飾った。

小さな箱の中は、色とりどりで華やかになったが、白いかすみ草の小さな花がなんとなく物悲しくて、死んだ子犬を悼んでいるかのように見えた。

陽が西に傾きかけていたが、二人は長谷山まで車を走らせた。左右に見える稲田は分蘖《ぶんけつ》（根に近い茎の関節から枝分かれすること）が終わって力強さをみなぎらせている。新緑の季節を迎えて、車窓から見える景色はいろいろな生命力がみなぎっていた。

それとは対照的に、車内には沈んだ空気が流れ、亮太の通った小学校の前も無言のまま通り過ぎた。亮太は初めて経験した衝撃的な「死」というものを、彼なりに受け止めようとしているのだろう、と考えた裕子は、無理に話しかけることはしなかった。

今回の件は、裕子自身にとっても悔いが残る出来事だった。オオカミにイチを襲わせてしまい、生まれた子犬を取り合いさせてしまったことは、自分の思慮のなさと軽率さのせいだと悔やまれてならなかった。

ピンとイチが、赤ん坊にこれほどの執着を持つことも予想できなかった。母性本能は大切で、よいことだと思っていたが、「過ぎたるは及ばざるに劣れり」とは、こういうことを指すのだろうか。

もっと早くイチの妊娠に気がついていれば、この死は防げたかもしれない。また、今日出かけないで家にいたら、どちらが産んだ子犬だったのかという謎も解けただろう。自分が産んでもいないのに、自分の子犬だと主張したのがピンなのかイチなのか、事実を知りたいと思ったが、裕子にはわかりようがない。

当事者に聞けないのだから、無理な話だ。今さら悔いても仕方がないが、後悔は残った。

同時出産

長谷山のふもとに到着すると、裕子は亮太に聞いた。

「どこにしようか」

「もっと上のほうがいいや」

胸に小さな箱を抱いている中学生の亮太が、黄色い帽子を被り、胸にピンを抱いて駆けて来た姿と重なって見える。

「そう。じゃ、もっと上に登ろう」

長谷山は独立峰で三百二十一メートルの標高があり、未舗装だが頂上まで車で行くことができた。頂上には通信基地もあり、小学生の遠足コースになっていたので、亮太も何度となく登ったことがあった。

亮太は、自分なりに埋める場所を決めているのかもしれない。裕子は、亮太の望む場所に埋めようと思った。

頂上への道幅は狭く、車の対向には待避線を利用するしかないので、裕子には苦手な道だ。途中にハンググライダーが飛び立つ台もあるが、一年に数度しか利用されていないし、日暮れになっていたから、幸いなことに対向車は来なかった。

頂上にはモミジやソメイヨシノなどが植えられ、狭いながらも広場のような場所もあるが、亮太は頂上より少し手前にある小さな平地を希望した。

「ここがいい」

亮太が立った位置から、伊勢平野と伊勢湾が見わたせた。

「ここなら、うちも見えるよ。うちからもここが見えるかもしれん」

「うん、ここにしよう」

「じゃ、そこの山桜の根元にしようか」

道から少し奥に入り込んだところに山桜の木があった。二人は山桜の木の下に小さな穴を掘り、箱を沈めた。

裕子は、自分が家にいたら死なせずにすんだかもしれない命に、両手を合わせた。

生ゴミに出さずに埋めてやることができて、本当によかった。

隣で、亮太も目をつむって手を合わせている。二人はしばらくそこにしゃがんでいたが、亮太が独り言のように言った。

「このコ、どっちの赤ちゃんやったのかなあ」

裕子も手を合わせながら、また同じことを考えていた。ピンとイチのどちらかは、自分が産んでいない赤ん坊を奪おうとし、喧嘩が始まった。

裕子は、死んだ子犬はイチが産んだに違いないと思った。あの鈍重で自分の身体すら舐めて綺麗にしたことのないイチが、自分で産んでもいない赤子を自分の子だと主張するとはとても思えない。

自分で産めばイチにも母性本能が芽生え、赤子を取り上げようとするピンに敵対心を持ったのではないだろうか。だとしたら、それはもう今までの母と娘ではなく、二匹のメス犬という関係でしかない。

ピンは、生まれ落ちたばかりの汚れた赤子を綺麗に舐めてやりたかったのだろう。イチのためを思ったのか、子犬を見たら反射的に働いた母性か、いずれにしてもピンの母性は強すぎたのだ。

「お母さんは、イチが産んだような気がするなあ」

亮太は少し明るくなった顔を見せて、再び聞いた。

「じゃあ、ピンは自分で産んでもないのに、どうしてあんなことになったんやろ」

「とてもイチには任せておけない、と思ったんやに。ピンにとってはイチも赤ちゃんみたいなもんやろ」

「そうやな。イチは赤ちゃんみたいなもんやな。それでも、自分の産んだ子は誰にも渡したくなかったんやなあ～」

本当のことはわかりようもなかったが、この考えに二人は落ち着いた。いずれにしても、死んだ子犬を哀れに思う心は二人とも同じだった。

茜色に染まっていた西の空は、薄墨色に変わりつつあった。

翌日、ピンとイチは二匹ずつ産んだが、四匹ともメスだった。前日の母子格闘が影響したのか、二匹とも産み終えるまでにかなりの時間がかかった。

ピンの最初の出産は五匹だったが、コロコロと順調に生まれてきた。それから推定すると、二匹が産めば合計十四になる可能性があった。十四も子犬が生まれることは、裕子の想定外だが、五匹の心づもりはしていた。

丘の上のみっちゃんや亮太の同級生のお母さんや、知り合いの人たちにもらい手探しを頼んであった。二匹が産んでも合計四匹だったので、裕子は内心ホッとした。それにしても、四匹とも茶褐色で見分けがつかないほど同じ顔をしていた。

ピンに似た白色の子犬も、イチに似た毛足の長い子犬もいなかった。大きくなったら、あのオオカミに似るのかなあ。メンデルの法則はどうなるのだろうか、オオカミは優性の法則にあてはまるのだろうか、と裕子は不思議に思った。

再び母親になったピンは、裏にいるイチなどこの世に存在しなかったかのように、二匹の子育てに夢中で、散歩に行っても残してきた子犬が気にかかるのか、気もそぞろの様子だった。

イチはイチで、小屋の戸が開いていてもどこへも行かず、ドテッと横たわり満足気に二匹に乳を飲ませていた。母親になった二匹の子育て方法には、目を見張るほどの差があった。

ピンは、ある程度飲ませると自分の乳首から二匹を離し、子犬を転がして全身を舐め回し、決して子犬から目を離すことなく、二匹の安全を常に確認していた。

イチはといえば、身を横たえて二匹に乳を飲ませっぱなしにするだけだった。自分が小さかったときは、隅から隅までピンに舐めてもらったのに、自分の子犬たちは一度も舐めようとはしなかった。

二匹の子犬が自分の糞尿にまみれて汚くなっても、まったく知らん顔をしている。自分の身体すら清めたことのないイチには、その必要性も方法もわからなかったのかもしれない。

好き放題に吸わせているイチの赤子は、三、四日も経つと見るからに太ってきた。子どもを育てることはできなくても、母乳を飲ませることは最後に残った母性本能だろうか、と思えた。

しかし、糞尿にまみれた子犬を放っておくわけにもいかないし、イチの子はピンの子よりふたまわりも大きかった。幸いにも四匹はどれも父親似で茶褐色だし、みんな同じような顔をしたメスだったから、裕子は一計を案じた。

イチの子どもとピンの子どもをすり替えたのだ。

ピンは、糞尿で汚れた子犬を初めて見たとき、ウーウーと唸り声をあげて怒り出した。自分の子どもではないとわかったのだ。日頃めったにピンを叩いたりしない裕子だが、このときはバンバンと頭をはたきつけ、ピンがひるんだ隙にすぐさまピンの乳首をイチの二匹にくわえさせ、それからピンの二匹を取り上げて瞬時にすり替えた。

最初はいぶかっていたが、子犬が乳を吸い始めたら観念したのか、ピンはおとなしく乳を与え、汚れた身体を丁寧に舐め始めた。

裕子の作戦が、またもや大当たりの大勝利。

イチは自分の産んだ二匹を裕子に取り上げられるとき少しは抵抗したが、おとなしくしていた。再び裕子が二匹の子犬を連れて来て乳を吸わせると、自分の産んだ子犬であるかどうか、少しの疑いも持たず、自分の乳を飲むのは自分の子とばかりに、おとなしく吸わせている。すり替えられたことなど、まったく気がつかないのだろう。

しかし、イチは子犬たちをすぐに太らせて糞尿まみれにしてしまうし、ヨチヨチとエサ入れに近づいても知らん顔をしていた。

仕方がないので、裕子はローテーションを組んでピンとイチの子どもを、三日に一度すり替えた。

ピンは、自分の子犬がイチの糞まみれの子犬と替わると、そのつど抵抗して怒ったが、乳を吸われると観念したかのように舐め始めた。裕子の目には、どれも同じに見えるほどそっくりだった四匹の子犬も、ピンから見れば、すべて見分けがついたのだろう。

裕子はピンの抵抗に臆することなく、ピンの頭にパンチを加えて子犬の交換を強行した。そのおかげで、糞尿にまみれたイチの子どもは清潔になったが、ピンの子どもはイチの子犬と同じように、少し肥満ぎみになってしまった。

しかし、太った子犬はかえってかわいらしく見えた。

オオカミが侵入したときから友人、知人に子犬をもらってくれるよう頼んであったので、子犬がかわいい姿になると、みんなに連絡をして見に来てもらった。

コロコロ太った子犬たちがヨチヨチと歩きまわり、じゃれ合っている姿は、あの憎々しげなオオカミの子どもとは思えないほど愛らしかった。

四匹は毛並みも顔つきもよくて、まるでコピーしたように、どれが一番かわいいなどと比べられないほど似ていた。日ごとにかわいさを増す四匹をもう少し大きくなるまで手元に置きたかったが、もらう側は一日も早く欲しがった。

「エサを自分で食べるようになってからにしたらどう」

と、さりげなく言ってみたが、

「ミルクを飲ませるから早く欲しい」

と言われたら、断るわけにはいかない。

大きくなってしまったら、もう要らないと言われることもありうる。前回の経験を生かして、小さくてかわいいうちにもらってもらわねば大変なことになる。亮太が寂しがるのはわかっていたが、裕子は四匹すべてを手放したかった。

もらい手先には、

「この犬はメスだから、避妊手術をしたほうがいいと思うよ。私はそれをしなかったので、大変な思いをしたのだから。成犬になって避妊が必要だと思ったら、連絡をちょうだいね。手術費用は負担しますから」

と、伝えた。一匹のもらい手先が、

「手術はしないで出産をさせてやりたい」

と言ってくれたのが、裕子にはとても嬉しかった。避妊についての幸子の忠告を聞かなかったのは、費用だけの問題ではなく、ピンにも一度は出産させてやりたい、と思ったからだ。ピンの命が受け継がれていけば、それだけで嬉しい。

最後の一匹がもらわれていくのを、裕子と亮太は車の姿が見えなくなるまで見送った。四匹の運命は、もらってくれた飼い主に託された。飼い主によって、四匹の運命は大きく変わるだろう。

人間の子どもたちも、それぞれの親によってその運命が大きく変わることに違いはない。裕子はピンとイチの子育てぶりを見て、深く考えさせられた。

人間の子は、成人するまでに二十年の歳月を要するが、犬は六ヶ月から一年も経てば成犬になるので、育児の結果が充分にわかる。

ピンは拾われて我が家に来たときから、家族の一員として家族中で育てた。イチの育児はピンに任せっぱなしで、イチを育てるのはピンの役目だと、家族全員が思っていた。

ピンはイチを過保護にして溺愛し、イチの動物的本能すらなくしてしまった。ピンの子育ては失敗だと、裕子は思った。

四匹とももらわれていったけれど、もしイチの産んだ子を一匹だけ残してイチに育てさせたら、どんな成犬になっただろうか、とあれこれ考えたが、たいした結論など出るはずもなかった。

ただ、ピンとイチの子育ての違いを見てから、教育の大切さを骨身に沁みて感じた。

ピンとイチが南側のテラスで一緒になって元の落ち着いた暮らしに戻ったのは、亮太が夏休みに入る頃だった。

第六話　ピンの死

徘徊老犬

　子犬がもらわれていって元の平穏な暮らしに戻ってから、裕子は二匹に避妊手術を受けさせた。二匹とも若くはないが、放っておくとまだ妊娠する可能性がある。この先もピンとイチに赤子が次々と生まれたのでは、子犬の処置に困ってしまう。

　飼い主の意向だけで、犬の気持ちも聞かずに避妊手術をするのは人間の身勝手で、躊躇する部分もあったが、そんなことは言っていられない。

　避妊手術をしてからは、二匹の親子に穏やかな暮らしが訪れた。子犬たちがもらわれていって、ピンとイチの生活が戻ると、ピンはイチを再び赤ちゃん扱いして舐めまわしてかわいがった。

　舐めるピンも舐められるイチも、とても幸せそうだった。庭のすべてを自分たちの居場所として自由にしていたが、それでも二匹は散歩が大好きだった。特に、ピンは囲いの外の自由が好きだった。

散歩のときは、ピンだけにリードをつけた。イチはピンのそばを離れなかったし、一目で凶暴性のない犬だと、誰の目にも明らかだった。

歩き方は鈍重だし、性格もおとなしく、人に吠えるとか噛む恐れもなかったので、苦情がくる心配もなく、リードをつける必要はなかった。

イチの肥満は相変わらずで、平たい背中がくぼんでいて水が溜まると思えるほどだったが、それがなおイチの容姿をかわいらしく見せて、子どもたちに人気があった。二匹を連れて散歩に出ると、短い時間だが広い田園の真ん中でピンをリードから放して自由にしてやっていた。

二匹は刈り取りの終わった田んぼで駆け回って遊んだり、亮太のまわりを行きつ戻りつして嬉しそうだった。そんな様子を見るのが楽しくて二匹を放していたのだが、ピンは再びリードにつながれるのを嫌がるようになって、呼んでも戻って来なくなった。

どんなに呼んでも、後ろを振り返り、振り返りしながら、だんだんと遠くへ行ってしまう。イチはそわそわしながらも、ピンについて行かずに亮太のそばにいることが多かった。

ピンのあとを追うよりも、亮太のそばにいるほうが安心だったのだろう。ピンがそんなイチを置き去りにして、自分の好き勝手な方向に行くのが故意なのは明らかだった。そうなると、リードを外して自由にしてやることはできない。ピンが散歩の出先でリードを解いてもらうことはなくなってしまった。

亮太は自分の仕事として、二匹を毎朝散歩に連れて行った。時間に余裕のあるときは、美濃屋川の上流に向かって歩き、三つ目の橋を渡ってから今度は川の流れと一緒に川堤を下ってきた。

時間がないときは、土手に沿って建っている六軒の周囲を一周して帰るだけだから、十分あまりの外出であったが、二匹が用を足すには充分のようだった。

午後になると、裕子も自分の散歩を兼ね、二匹を外へ連れて土手で犬の毛を梳いた。梳き取る毛の分量はびっくりするほど多くて、とても家の庭ではやっていられない。横を通る子どもたちがイチを見て、

「わぁ、デブだ、デブだぁー。でも、かわいい、かわいい！」

と喜ぶ姿も、裕子は好きだった。すれ違う女子高校生も、イチを見ると立ち止まったり振り返ったりして、彼女たちの後ろ姿から、

「かわいいねー」

という声が聞こえてくるのも、耳に心地よかった。

ピンが老いてきてからも、一日に二度三度は散歩に出たのに、相変わらず脱走癖は直らないままだった。どうやって逃げ出すのか、現場を押さえることはなかなかむずかしく、裕子が近くにいるときは、

「脱走なんて考えたこともありません」

とでも言っているのかと思われるほど涼しい顔をして、脱走するそぶりなど微塵も見せなかった。裕子に悟られぬように、あの手この手をピンなりに考えてから実行に移しているようだった。

たとえば、フェンスと植木の間にある小枝をピンは根気よく噛み切って、裕子に悟られぬようにして、自分が飛び出せるだけの空間をつくった。逃げ出されて初めて、

こんなところに脱走用の隙間ができていたと気づくのだが、あとの祭り。

どこから逃げ出したのかを探るだけでも時間はかかる。小屋の下に穴を掘ってトンネルをつくり、小屋の向こう側に出口をつくったときは、怒りよりも利口さに感心したし、「その執念はあっぱれ」と誉めてやりたい気分だった。

だから、誰かが庭から入って来ようものなら、フェンスが開いた瞬間に脱兎のごとく逃げ出すのは、ピンにとって朝飯前の仕事だろう。

亮太が高校三年になって受験期に入ると、ピンは夜中も散歩をさせてもらった。もらった、と言うよりピンが亮太の付き合いをさせられた、と言ったほうが正しい。

夜遅くまで受験勉強をしている亮太は、気分転換をするために、ピンを供にして二十分ほど走りに行く。イチは亮太のペースについて走り続けることができないとわかっていたので、ピンだけを連れて行った。

このときはリードをつけずに走ったが、ピンはどこへも行かず、亮太と一緒に走った。そして一緒に帰って来た。最初の頃、イチは自分も行きたい、と散歩に出る亮太に甘えた声で鳴いたが、そのうちに夜はあきらめたのか、そしらぬふりをして外へ飛び出すピンを目だけで追っていた。

受験生の休憩は、寝転がってテレビを見たり、コーヒーを飲んだりするのが普通かもしれないが、亮太はピンと外を走って来るのが好きだった。亮太は自分なりの受験勉強の時間割をつくって、一コマ九十分と決めていた。

それ以上は頭に入らないから、今は二コマで充分、九月になったら三コマにする、と言っていた。受験勉強には口を出さないと決めていた裕子だが、十一時までには寝床に入るように、とだけ注意をした。

亮太は、受験生にしては比較的早く寝たが、時には勉強が深夜に及ぶ日があるのを裕子は知っていた。自分の経験からして、眠らずに勉強をするのは無意味だと思っていたので、就寝時刻だけは守るように注意した。亮太も、一応十一時をめどに自分の勉強計画をたてているようだった。

毎晩のランニングは、ピンにとって少しハードではないだろうか、と心配した。

「亮太、ピンはもう相当なオバアチャンだよ。マラソンに毎晩付き合わせても大丈夫？」

「心配はいらないよ。ボクだって軽くランニングするだけで、全力疾走なんかできないもん」

おかげでピンは、日によっては二度三度と亮太の夜の散歩に付き合わされることになった。ピンは亮太の誘いがかかるたびに嬉しそうに尻尾を振り、膝にジャンプして喜んだ。夜中にピンと一緒に出て行く亮太を、裕子は天井の豆電球を見ながら帰宅するまで布団の中で起きて待っていた。

「ゆうべもピンと出かけたでしょ」

「ピンと走ると頭が爽快になって、詰め込んだ勉強が消化されたようですっきりしてすごく気分がいいんだよ。暗い田んぼ道は怖い気もするけど、ピンが一緒にいるとひとりぼっちでも寂しくないし心強い」

「用心棒つきで、いいわねえ」

「お母さんもやってみるといい」

「そうね、お父さんと一緒ならね」

亮太が何かの都合でピンたちの散歩に行けないときは、啓介の帰りを待って夫婦で夜中の散歩をした。そのときはイチも一緒に連れて行った。たわいない一日の出来事を話しながら、イチの歩きに合わせたそぞろ歩きもなかなかのものだった。

ピンの伴走が効を奏したのか、亮太は現役で第一志望である関東の大学へ無事に合格した。

亮太が大学生になって下宿生活を始めた頃は、よく自宅に電話がかかった。裕子はときどきピンを電話口まで連れてきて、亮太の声を聞かせた。小学校一年生の春にピンを拾ってきて以来、亮太にとってピンは家族そのものだった。

「ピン、ピン。元気か」

受話器越しに亮太の声を聞いたピンは「クン、クーン」と甘えた声で鳴いたが、彼の姿が見えないせいか、事態がよくわからない様子だった。

夏休みと正月には、亮太は必ず帰省した。そんなとき、ピンは庭中を走り回って喜びを表し、亮太の顔や手を舐め回し、ジャンプして亮太に跳びついたりして、嬉しくて嬉しくてしょうがない様子だった。

亮太と一緒に行く朝の散歩も、彼が起床するのを待ちきれないで、前足でガラス戸を叩いて散歩の催促をした。久しぶりの帰省であるから、亮太をゆっくりと休ませてやりたい裕子の気持ちに反するピンの行動であるが、ピンの気持ちを考えると叱る気にもなれなかった。

イチはピンほど亮太を恋しがることはなかったが、それでもイチなりに嬉しそうに尻尾を振って、亮太のまわりをヨタヨタと歩き回った。

亮太はクラブ活動や勉強、研究などが忙しくなり、帰省の期間はだんだんと短くなっていった。裕子も夫婦二人の生活になってからは、元の夜型の生活に戻ってしまい、朝は七時を過ぎても寝ていることがあった。

土曜の夜などは、啓介と碁を楽しんで夜更かしすることもあった。裕子たちの起床が七時を過ぎると、ピンは寝間のガラス戸を何度も叩いた。軽くジャンプして両前足をガラス戸にぶちあてて叩くので、ガラスが割れそうになる。

「わかった、わかった。もう起きた」

と呼びかけるが、声だけでは納得せず、裕子が床を離れるまで断続的に叩き、ガラス戸を開けて、「ピン、おはよう」と言うまでやめなかった。いつもガラス戸が割れないか気になった。

ピンは時計を持っていないのに、七時前には必ずガラス戸を叩いて起こした。

ある日、久しぶりに遊びに来た幸子が、ピンの様子をじっと眺めながら言った。

「ピン、この頃ちょっとヘンじゃない？」

「ヘンって？」

「まっすぐに歩いてないよ」

「それはイチでしょ。おデブだから昔から千鳥足なのよ」

「イチのヨタヨタ歩きは知っているけど、ピンがおかしい」

看護師の幸子は、やはり観察力が違うらしい。裕子は、

「どれどれ」

と、テラスまで出てピンを見た。言われて見れば、ピンの様子が少しおかしい。動作が以前より鈍くなっているし、物干し台に突き当たったりしている。毎日一緒にいると、あまり変化に気づかないものらしい。

「もう年かなあ。ピンは何歳になる？」

「亮太が一年生のときに、まだ自分ではエサも食べられない大きさでうちへ来たんだから、もう十五歳になるかなあ」

裕子は、指を折りながら数えて返事をした。

「そろそろ、だね」

「何が？」

「ピンの寿命。あの動きは、たぶん目が見えにくくなってきているのよ」

「そういえば、このごろ私の指示を無視するの。指を立てて『さんぽ、さんぽ』と言っても知らん顔したり、ごはんの合図を送っても喜ばなかったり」

「耳も聞こえにくくなったのかもしれないね」

幸子とそんな話をして以来、裕子はピンの行動に気をつけるようになった。数ヶ月も経つと、ピンが一層弱り始めたのは、誰の目にも明らかになった。散歩に連れ出しても、帰り道にはへたり込んで歩けなくなるので、抱いて帰らねばならないときが幾度か重なった。

ピンは抱かれて帰るのを嫌がらなかったが、抱くほうは大変だった。イチはピンの変化に気がついているのかいないのか、相変わらず甘えて自分の身体をピンに任せるが、ピンがイチを舐め続ける体力は少しずつなくなっていた。

それでもまだ脱走癖は残っていて、ブロックの隙間から外へ出たりしたが、近所を徘徊するだけで、捜しにいくと稲を刈り取った田んぼでヨタリと寝ていた。

ピンは「徘徊老犬」になってしまった。出られない生垣の間に首をつっ込んで、身動きできなくなってしまうこともときどきあった。

もう走り回る元気はないのだから、大好きな外を自由に歩かせてやろうと、フェンスの扉を開けておいた。ピンは出て行くが、遠くへは行かずに家の近くをウロウロして、そこここで気持ちよさそうにころりと横になっていた。

そんなある日、保健所から電話があった。

「お宅の犬はいつも放してあるそうですが、ご近所が迷惑されております。何かあるといけないので繋いでおいてください」

予想もしなかった保健所からの電話に、裕子は驚いた。

ピンは目の届く玄関前や駐車場にいることが多かったので安心していたが、ときどきはウロウロと近所に出かけて迷惑をかけていたのだ。たぶん、誰かが直接こちらへ苦情を言うのを憚って、保健所に通報したのだろう。

徘徊は、人間も犬も嫌われるらしい。ヨタヨタと歩いて、時には道で横になっていることもあったので、車を運転している人には迷惑だったろう、と裕子は反省をしてまたフェンスの扉を閉めた。

穴を掘ることやイチを舐めることや食事よりも、ピンが最後まで執念を燃やしたのは脱走徘徊であり、どこか人間に似たものを感じた。

そんなピンの様子を、裕子は亮太に知らせはしたが、まあ老衰だろうからと様子を見ていた。夏休みに入ると、亮太はすぐに帰省して、家に入るより先に庭のピンを見に行って挨拶した。

「ピン、ただいま。元気か」

ピンは亮太の声を聞くと嬉しそうに、ゆっくりとした動作で跳びついて顔を舐めた。田んぼの隅から拾ってきた日から今日までの、ピンとのかかわりを思い出していたのか、亮太は長い時間ピンをなで続けた。

亮太が帰ってきてから、ピンは少し元気を取り戻し、短いが昔と同じ散歩コースを歩けるようになった。ピンの身体が弱っていることは、亮太の目にも明らかだった。

亮太はピンをかかりつけの獣医へ連れて行った。この獣医にはピンが家族に加わったときから、フィラリアの予防注射や避妊、皮膚病などで何度も何度もお世話になっている。獣医は食が細くなり、痩せたピンを丁寧に診て、

「今のところ、特に悪いところはない。でも、年が年だからねえ。人間にしたら、もう相当の老人です。ピンちゃんは充分に生きたのだから、自然に任せましょう」

と、言った。

亮太は、医師の言葉を聞いて納得したのか、クラブ活動に間に合うよう五日ほどの滞在で下宿に戻って行った。

悲しい別れ

その年の秋も終わりになった頃、裕子夫婦が甥の結婚式に列席するために、ピンだけを獣医に預けた。

イチは元気だったし、脱走する心配はなかったので、丘の上のみっちゃんにエサと水の補給を頼んで三日間家を空けた。亮太も結婚式に招待されていたので、裕子の顔を見ると、真っ先にピンの様子を聞いた。

「ピン、元気？」

「あなたねえ、久しぶりに会った親のことより、ピンのほうが心配なの」

「父さんと母さんが変わりなく元気なことは、見ればわかるよ。それより、ピンは？」

「大丈夫、先生のところへ預けてきたから。まあ、入院しているようなものよ」

「ああ、それなら大丈夫だ。幸子伯母さんたちもここにいるから、ピンはイチと家で留守番かと思って心配したよ」

かかりつけの獣医はやさしい先生で、カルテを出すより先に、「ピンちゃん、イッちゃん。今日はどうした」と声かけしてくれるほど二匹をよく知っていたから、それを聞いて亮太もやっと安堵したようだった。ピンの心配がなくなったので、祝いごとのあとはゆっくり親子水入らずを楽しんだ。

亮太と別れると、寄り道も買い物もしないで、すぐに新幹線に乗り帰宅した。着替えもそこそこに、ピンを迎えに獣医宅へ行った。

ピンの喜ぶ姿を目に浮かべながら、ピンの元気な様子を真っ先に亮太に知らせよう、と意気込んでいた裕子の目に映ったのは、白い布が敷かれた段ボール箱の中で、花に囲まれて横たわっているピンの姿だった。

「お留守中にこんなことになり、申し訳ありません。昨日まで少しの変化もなかったのに、今朝はもう息がなかったのです。老衰です」

花で埋もれていたのは、先生のやさしい気持ちだろう。ピンは穏やかな顔をして目を閉じたまま裕子のほうを向いていた。

裕子の頭は真っ白になって、言葉も出ない。医師は啓介にしきりと詫びを言っていたが、医師が悪いわけではないことぐらい、裕子にもわかる。いつかは別れがくることはわかっていたが、自分たちがいない間に、こんな形で急にくるなんて。

裕子は、最後の様子を聞くことすら忘れて、ただ白いピンの上に涙をしたたり落とすだけだった。

段ボール箱を抱いた裕子の肩を、啓介が抱きかかえて二人は黙って頭を下げた。

「お世話をおかけしまして、ありがとうございました。後日、改めて伺います」

それだけ言うのがやっとだった二人に向かって、獣医は言いにくそうにつけ加えた。

「母親に死なれた子犬は、平均三ヶ月くらいしか生きられません。突然ひとりになったストレスに耐えられないのです。特に、イッちゃんはピンちゃんに生活のすべてを頼っていたから、三ケ月もつかどうか。イッちゃんも高齢だし……」

帰宅した裕子は、ともかく亮太に知らせなければ、と受話器を取った。

「もしもし」

裕子のひと声を聞いた亮太はすぐに、

「ピンは元気だった？」

と、問いかけてきた。裕子は言葉に詰まって一瞬返事が遅れた。

「ピンは元気にしている？」

再び同じ質問をする亮太に、黙っているわけにはいかない。もともと電話を掛けたのは、その報告をするためなのだから。

「家に帰ってすぐに獣医さんのところへ迎えに行ったのだけど、ピンはもう死んでいたん。昨夜のうちに息を引き取ったらしいんさ。夕方まで変わりはなかったのに、今朝には冷たくなっていたんだって」

電話の向こうからは、少し荒い息づかいが聞こえてきたが、亮太は一言も話さず、二人の間にしばしの沈黙が流れた。亮太は低い力のない声で、

「かわいそうだったね。ピンはお父さんとお母さんがそばにいなくて、心細かっただろうね」

「うん」

ピンの死と亮太の悲しみの両方を受けとめなくてはならない裕子は、何も言葉にで

きなかった。

「お母さん、元気を出して。ピンはボクたち家族のそばでみんなを幸せな気分にさせてくれたやろ。ピンも幸せだったと思うよ。お母さんが悲しんだら、ピンも悲しむよ。ピンはいっぱい思い出を残してくれたんやし。ボクの受験勉強もピンがいたからがんばれた」

「そうやなあ」

亮太は、思い出したように言った。

「イチは大丈夫？　ピンに死なれてショックを受けているんと違う」

裕子は、獣医の説明を亮太に伝えた。

「じゃ、イチもそう長くはないってことかなあ。肥満だし、内臓も弱っているかもしれない。でも、ピンの死をわかってるのかなあ」

亮太の案じたとおり、イチにはピンの死が理解できなかった。箱に入ったピンを見せて、

「ピンは死んだからね。ピンはもういないよ。今から焼き場へ連れて行くよ」

何度もイチに確認させたが、ピンが入った箱の周りをヨタヨタと歩き回るだけだった。裕子はひとりで斎場へ行った。斎場には動物専用があって、遺骨を拾うことができたので、遺骨をひきとるべきかどうか裕子は迷った。

骨は、生きていたものが姿を変えた分身なのだろうと思うが、もし庭の片隅に埋めたとしても、裕子はその場所に手を合わせて祈る気にはならなかった。ピンがそこにいるとも思えなかった。

ピンは、お気に入りの縁の下、ピアノの下、書庫の奥、浴室の脱衣場など、家の内外のあらゆる場所にいるような気がする。そこで丸くなったり、長くなったり、寝そべったり、背伸びをしたりしている姿こそが、裕子の中のピンの姿だった。

裕子は、遺骨を拾わないことに決めて、持参した線香とささやかな謝礼を包み、あとのことは斎場の人たちに任せた。

自分の決心が正しかったのかどうか、斎場からの車中でも、まだ心が揺れていた。ピンの死を裕子自身がまだ受け入れられないでいるのだ。家に帰れば喜んで跳びついてくるピンはもういない。

いろいろなピンの姿が、次から次へと浮かんでは消えた。

家に着くと、玄関の絨毯にピンの白い毛がへばりつくように落ちていた。

幸子に見つかると二本の指にはさまれて、

「また落ちてる、不潔だと思わへんの」

と怒られ、ゴミ箱に捨てられる白い毛だが、今になると形見のようにいとおしい毛だった。ピンの毛はあらゆるところに隠れていて、簡単にはなくならないだろう。骨はなくても、ピンはこの家のあらゆる場所で生きている。

そう思ったら、骨を処分したことに少し心が軽くなった。

イチにはピンが死んだということはわからなかった。しかし、獣医が言ったとおり、数日が経つと、イチの鳴き方が変わってきた。「クィーン、クィーン」と鼻をピクピクさせてピンを捜すそぶりを何度も見せる。

食欲も目に見えて減ってきたが、無理に食べさせるわけにもいかない。イチの好きなスジ肉をたくさん入れたり、軟らかいドッグフードを用意したが、いつものように喜んで食べなかった。

その日も外出する裕子に、イチは両前足をスカートにかけて甘えてきた。裕子はイチの顔を両手で挟み、

「イチ、すぐに帰って来るから、おとなしくしていてな。スジ肉のお土産を買ってきてあげるから」

と、自分の顔を近づけ頬ずりしながら話しかけた。近頃は元気がないからスジ肉だけでなく骨も買って帰ろうか、と考えながら家を出たのは昼すぎだった。

夕方、イチの好物である牛のスジ肉を持ってフェンスの外から「イチ、イチ」と大きく呼んだが返事がない。

急いで中に入ると、イチはテラスの隅で冷たくなっていた。ピンの一番のお気に入りの場所だったテラスの隅っこで、イチはピンの帰りを待っているかのように身体を横たえ、両手足をまっすぐに伸ばして死んでいた。

ピンが死んでから、一ヶ月しか経っていなかった。

ピンが家族の一員になり、イチが生まれてから今日まで、裕子はたくさんのことを二匹から学んだ。たとえ犬であろうとも、母性は人間に負けないほど深いものがあっ

た。その深さゆえに、動物の本能をなくしてしまったイチの姿は、亮太を育てる上で、教師であり反面教師だった。

ピンとイチがいなければ、裕子の亮太に対する子育ても違ったものになっていたかもしれない。二匹は、我が家にとって大事な家族だった。裕子の頭には、ピンとイチとの長い月日が走馬灯のように駆け巡った。

しばらく呆然と突っ立っていたが、我に返った裕子は、その場に座って死んだイチをそっと自分の膝に乗せ、自分の頬をイチに重ねた。

著者プロフィール

井上 富美子（いのうえ とみこ）

1943 年 10 月、三重県生まれ、在住。
日本福祉大学卒業。
いのうえ心身クリニック精神保健福祉士。
㈱メディカル GEN 代表取締役社長。
日本棋院三重県支部連合会理事。

ピンとイチのものがたり――ある犬の一生

2012年 7 月15日　初版第 1 刷発行
2015年 9 月15日　初版第 2 刷発行

著　者　井上 富美子
発行者　瓜谷 綱延
発行所　株式会社文芸社
〒160-0022 東京都新宿区新宿1－10－1
電話 03-5369-3060（編集）
03-5369-2299（販売）

印刷所　日経印刷株式会社

ISBN978-4-286-12092-8